2022

Le Cahier de Vacances pour les ÉCOLES DE COMMERCE

Serge d'Agostino
Dominique Charlot
Alain Droguet
Danielle Droguet
Lila Mongallon
Jean-Marie Nicolle

Bréal
by Studyrama

TEST

ÊTES-VOUS **PRÊT(E)** POUR ENTRER EN PRÉPA ?

1. Ricardo est une marque d'apéritif.

☐ Vrai ☐ Faux

2. Le XIXe siècle commence en 1900.

☐ Vrai ☐ Faux

3. Les États-Unis font partie de l'espace Schengen.

☐ Vrai ☐ Faux

4. Lévi-Strauss est l'inventeur du jean.

☐ Vrai ☐ Faux

5. Le libre-échange est une discussion à bâtons rompus entre amis.

☐ Vrai ☐ Faux

6. L'imprimerie date du XVIIIe siècle.

☐ Vrai ☐ Faux

7. La balance des paiements permet de peser les pièces de monnaie dans les banques.

☐ Vrai ☐ Faux

8. Le protectionnisme est un système d'alarme américain « dernier cri ».

☐ Vrai ☐ Faux

9. Spinoza a écrit *Les Tiques*.

☐ Vrai ☐ Faux

10. Le secteur tertiaire définit les travailleurs qui font du tiers-temps.

☐ Vrai ☐ Faux

11. Marx est une marque de barre chocolatée.

☐ Vrai ☐ Faux

12. Un cycle économique est un vélo dont le prix n'est pas trop élevé.

☐ Vrai ☐ Faux

13. Nietzsche est un contemporain de Descartes.

☐ Vrai ☐ Faux

14. La Russie refuse de ratifier le protocole de Kyoto.

☐ Vrai ☐ Faux

15. L'étalon-or est un cheval qui a gagné plusieurs courses.

☐ Vrai ☐ Faux

16. Les PVD sont les pays en voie de disparition.

☐ Vrai ☐ Faux

17. Le gouvernement du peuple par le peuple est le populisme.

☐ Vrai ☐ Faux

18. Les métropoles d'équilibre sont des lignes de transport aérien.

☐ Vrai ☐ Faux

19. La doctrine de Hume s'appelle l'humanisme.

☐ Vrai ☐ Faux

20. En mathématiques, une suite convergente a une issue favorable.

☐ Vrai ☐ Faux

▸ **Comptez 1 point** chaque fois que vous avez répondu Faux **et 0** quand vous avez répondu Vrai.

- **Si vous avez 19 ou 20 points :** vous allez certainement briller dans les exercices que nous vous proposons et serez prêt(e) à suivre avec succès tous les cours de classe préparatoire.
- **Si vous avez 17 ou 18 points :** il est temps d'utiliser ce cahier ludique et efficace pour réviser un peu avant d'entrer en prépa.
- **Si vous avez 16 points ou moins :** êtes-vous sûr(e) d'avoir suffisamment dormi la nuit dernière ou n'étiez-vous pas en train de somnoler en cochant les réponses ? Parce que, si ce n'est pas le cas, vous devriez rapidement consulter en vue de votre rentrée, en plus de ce cahier de vacances, nos ouvrages de révisions pour vous remettre à niveau...

CULTURE GÉNÉRALE

C'est l'été ! Même si vous partez en vacances, n'oubliez pas d'arroser vos connaissances et de soigner le jardin de votre esprit en pratiquant la culture... générale.

C'est une toute nouvelle matière pour vous, généralement enseignée conjointement par un professeur de lettres et un professeur de philosophie. À la fois simple et difficile à définir, la culture générale demande d'« ingérer » un maximum de connaissances tout en renonçant à vouloir tout savoir car posséder le savoir universel sur toutes choses est impossible.

La culture générale regroupe donc les acquis théoriques, obtenus pendant vos études, et vos lectures personnelles. C'est un savoir qui tolère des lacunes, à condition qu'elles ne soient ni trop vastes ni trop graves.

La culture générale « recueille » ce que les hommes ont produit de meilleur dans les domaines de la science, de l'art, du droit, des croyances et de la philosophie. C'est également une culture de la pensée qui nécessite de réfléchir par soi-même sur ses propres connaissances, pour les assimiler et les utiliser à bon escient. Il ne suffit pas d'apprendre, il faut s'exercer à bien penser avec ses acquis. La culture générale permet une réflexion autonome et exige nécessairement une interrogation sur elle-même. Elle donne alors un sens à ce que les hommes ont vécu et écrit.

En première année, vous explorerez plusieurs thèmes ; en seconde année, vous n'en étudierez qu'un seul, tel que le corps (2018), le désir (2019), l'animal (2020), aimer (2021). Grâce aux exercices qui suivent, faites vous-même un rapide bilan de vos connaissances et de vos lacunes. En effet, s'il est important d'avoir conscience de son érudition et de ses points forts, il est également tout à fait sain de découvrir ses failles pour identifier les domaines dans lesquels il est urgent de s'instruire.

Si vous ne l'avez pas encore fait, élaborez-vous un programme de lectures, personnel et réaliste, tenant compte de vos lacunes, afin d'aborder la classe préparatoire dans les meilleures conditions intellectuelles.

Alors, en route ! Et bonne culture !

QUI EST QUI ?

1

Vous avez déjà vu ces têtes quelque part….

Placez le nom de chaque philosophe sous son portrait.

Descartes • Freud • Hegel • Kant • Lévi-Strauss • Marx • Nietzsche • Pascal • Platon • Rousseau • Sartre • Voltaire

LES CHAPELLES DES PHILOSOPHES 2

Pour mettre fin aux querelles entre les philosophes, un architecte a proposé de construire une série de chapelles. **Attribuez à chacun des philosophes la (ou les) chapelle(s) qui lui convien(nen)t :**

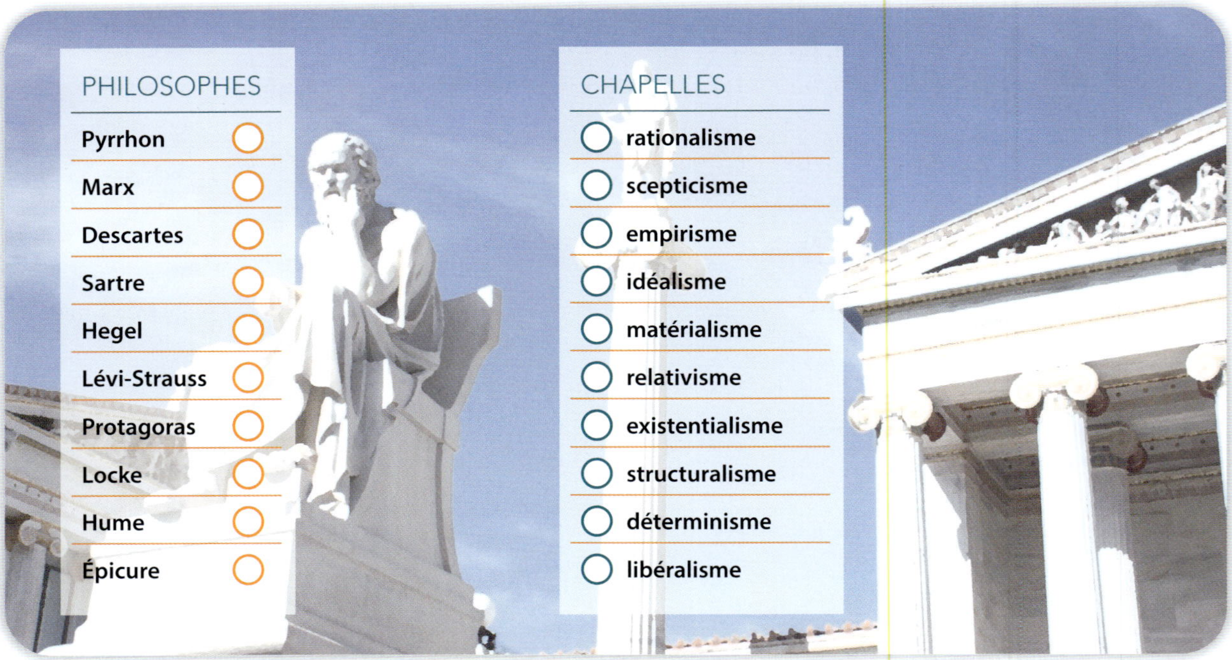

PHILOSOPHES	CHAPELLES
Pyrrhon ○	○ rationalisme
Marx ○	○ scepticisme
Descartes ○	○ empirisme
Sartre ○	○ idéalisme
Hegel ○	○ matérialisme
Lévi-Strauss ○	○ relativisme
Protagoras ○	○ existentialisme
Locke ○	○ structuralisme
Hume ○	○ déterminisme
Épicure ○	○ libéralisme

LES PAIRES DE CONCEPTS 3

Les concepts sont les outils des philosophes et philosopher consiste à bien se servir de sa boîte à outils. Aristote les rangeait par paires, ce qui lui permettait de résoudre facilement ses problèmes. Par exemple, avec la paire « en acte/ en puissance », il a pu éclaircir la question de l'infini. **Retrouvez les paires avec les concepts mélangés ci-contre, en reliant les termes par un trait.**

CONCEPT 1	CONCEPT 2
absolu ○	○ abstrait
analyse ○	○ accident
cause ○	○ conséquence
concret ○	○ convaincre
contingent ○	○ discursif
croire ○	○ matière
essence ○	○ moyen
fin ○	○ nécessaire
forme ○	○ objet
idéal ○	○ particulier
intuitif ○	○ pratique
persuader ○	○ réel
sujet ○	○ relatif
théorie ○	○ savoir
universel ○	○ synthèse

UN RÉCIT 4

Le jeune historien de la philosophie Rémi Nissance a perdu la mémoire des noms propres : **aidez-le à compléter son récit.**

Quand il fut condamné, en 1633, pour avoir soutenu que la Terre tourne autour du Soleil, ... ne savait pas que cette affaire serait un choc pour tous les savants. Quatre ans plus tard, ... publiait son *Discours de la méthode* et se gardait bien de prendre position sur l'astronomie. Quand il avait rencontré le jeune ...., qui venait de découvrir le vide, il n'avait pas apprécié ses idées sur la physique. Au siècle suivant, ... réalise avec son ami d'Alembert la grande *Encyclopédie*. Cette entreprise réunit de grands noms, dont ...., l'auteur de *Candide*. Quand .... mourut après avoir publié *Du contrat social*, il ne se doutait pas que la Révolution française éclaterait onze ans plus tard. Cet événement historique fut analysé par .... pour son *Manifeste du parti communiste*. ...., l'auteur de *Ainsi parlait Zarathoustra*, mourut en 1900, l'année même où .... publia *L'interprétation du rêve*. Cinq ans plus tard naissait .... qui deviendra l'existentialiste français le plus célèbre après la Seconde Guerre mondiale.

CULTURE RELIGIEUSE 5

Complétez ce tableau avec les termes suivants :

Moïse • mollah • Torah • Évangiles • dimanche • orthodoxes • mosquée • catholiques • église • sunnites • temple • pope • vendredi • pasteur • Mahomet

	JUDAÏSME	CHRISTIANISME			ISLAM	
Fondateur		Jésus-Christ				
Textes					Coran	
Jour hebdomadaire religieux	sabbat					
Divisions internes				protestants		chiites
Lieux de culte	synagogue	basilique				
Clergé	rabbin		prêtre		imam	

MYTHOLOGIE 6

Cochez la bonne réponse.

1. La mère d'Œdipe est :
☐ Athéna ☐ Jocaste ☐ Antigone ☐ Ismène

2. L'oncle d'Antigone est :
☐ Créon ☐ Œdipe ☐ Laïos ☐ Polynice

3. Ismène est la sœur de :
☐ Œdipe ☐ Étéocle ☐ Créon ☐ Jocaste

4. Hélène a été enlevée par :
☐ Pâris ☐ Agamemnon ☐ Ménélas ☐ Achille

5. Héraclès n'a pas tué :
☐ l'hydre de Lerne ☐ le centaure Nessos ☐ le cyclope Polyphème
☐ les oiseaux du lac Stymphale

6. Prométhée a volé aux dieux :
☐ la pluie ☐ le feu ☐ le tonnerre ☐ l'ambroisie

7. Orphée jouait :
☐ de la flûte ☐ du tambourin ☐ de la guitare ☐ de la lyre

8. Eschyle a écrit :
☐ *Prométhée enchaîné* ☐ *Œdipe roi* ☐ *Électre*
☐ *Les Oiseaux*

9. *Les Travaux et les Jours* est une œuvre de :
☐ Hésiode ☐ Homère ☐ Hérodote
☐ Eschyle

10. *L'Odyssée* est une œuvre de :
☐ Homère ☐ Jules Verne ☐ Dante
☐ Joyce

RAISON ET CROYANCE 7

Voici les définitions de concepts ; placez le bon nom face à chacune d'elles.

analogie • croyance • déduction • dogme • hérésie • induction • opinion • providence • raisonnement • sophisme • superstition • syllogisme

1. .... Adhésion à une affirmation qui est acceptée sans être démontrée.

2. .... Vérité de foi indémontrable que le croyant doit accepter sans preuve (par exemple : la Résurrection du Christ).

3. .... Raisonnement fondé sur l'identité du rapport unissant deux à deux plusieurs termes (par exemple : A/B = C/D).

4. .... Raisonnement par lequel on conclut rigoureusement d'une ou plusieurs propositions prises pour prémisses à une proposition qui en est la conséquence nécessaire.

5. .... L'opération par laquelle nous passons de la connaissance des faits particuliers à celle des lois qui les régissent.

6. .... Raisonnement sous forme de trois propositions qui associent deux à deux ces termes ; par exemple : « Socrate », « mortel » et « homme » dans : « Tout homme est mortel. Or Socrate est un homme. Donc Socrate est mortel. »

7. .... Opération consistant à ordonner plusieurs jugements afin d'engendrer un jugement résultant, qu'on appellera conclusion.

8. .... Raisonnement faux, mais qui présente l'apparence de la vérité afin de tromper.

9. .... Affirmation immédiate, prononcée sans réflexion et non justifiée par un raisonnement.

10. .... État d'esprit reposant sur la crainte d'êtres imaginaires et consistant à croire dans des pratiques magiques destinées à s'en protéger.

11. .... Doctrine considérée comme une erreur et condamnée par l'autorité religieuse.

12. .... Action par laquelle Dieu intervient sur la Création.

LES RÉGIMES POLITIQUES 8

Voici les définitions de régimes politiques ; placez le bon nom face à chacune d'elles.

aristocratie • parlementarisme • démocratie • présidentiel • despotisme • dictature • monarchie • oligarchie • théocratie • totalitarisme • tyrannie

1 .... Gouvernement d'un seul (roi ou empereur).

2 .... Exercice autoritaire (sans justification) et absolu (sans partage) du gouvernement par un seul individu, qui concentre entre ses mains tous les pouvoirs et qui règne par la crainte.

3 .... Gouvernement exercé par une classe sociale composée des meilleurs.

4 .... Gouvernement par un petit groupe de privilégiés.

5 .... Gouvernement du peuple par le peuple.

6 .... Dans l'Antiquité : mesure d'exception en cas de péril consistant à confier à un magistrat un pouvoir illimité pour une durée déterminée ; aujourd'hui : concentration et exercice incontrôlé de tous les pouvoirs par un individu, un parti ou une classe.

7 .... Forme de démocratie qui donne une grande place au pouvoir législatif, c'est-à-dire principalement aux députés. Le parti politique majoritaire choisit le chef du gouvernement et contrôle de près le pouvoir exécutif.

8 .... Forme de démocratie qui compense le poids des partis par l'élection au suffrage universel d'un chef de l'État, responsable du pouvoir exécutif, qui nomme le chef du gouvernement, issu du parti le plus représentatif.

9 .... Exercice d'un pouvoir total, tant sur le monde (la terre et l'humanité) que sur tous les individus (corps et âme) sans aucune diversité politique ou culturelle et afin d'unir et uniformiser complètement le peuple.

10 .... Usurpation puis exercice injuste du pouvoir par un tyran qui gouverne par l'arbitraire et la cruauté.

11 .... Régime politique dans lequel le pouvoir appartient à Dieu et est exercé par des prêtres.

TEXTE À RECONSTITUER 9

Rousseau et Voltaire se sont encore disputés. Voltaire a profité d'un moment d'inattention de Rousseau pour déchirer une page du *Contrat social*. **Aidez-le à reconstituer son raisonnement en replaçant les phrases dans l'ordre.**

1. On voit donc que ce mot de droit n'ajoute rien à la force ; il ne signifie ici rien du tout.
2. Supposons un moment ce prétendu droit. Je dis qu'il n'en résulte qu'un galimatias inexplicable. Car sitôt que c'est la force qui fait le droit, l'effet change avec la cause ; toute force qui surmonte la première succède à son droit. Sitôt qu'on peut désobéir impunément, on le peut légitimement, et puisque le plus fort a toujours raison, il ne s'agit que de faire en sorte qu'on soit le plus fort. Or qu'est-ce qu'un droit qui périt quand la force cesse ? S'il faut obéir par force, on n'a pas besoin d'obéir par devoir, et si l'on n'est plus forcé d'obéir, on n'y est plus obligé.
3. De là le droit du plus fort ; droit pris ironiquement en apparence, et réellement établi en principe :
4. mais ne nous expliquera-t-on jamais ce mot ? La force est une puissance physique ; je ne vois point quelle moralité peut résulter de ses effets. Céder à la force est un acte de nécessité, non de volonté ; c'est tout au plus un acte de prudence. En quel sens pourra-ce être un devoir ?
5. Le plus fort n'est jamais assez fort pour être toujours le maître s'il ne transforme sa force en droit et l'obéissance en devoir.

Ma réponse ○ ○ ○ ○ ○

LES SCIENCES HUMAINES 10

Il a fallu du temps pour que l'Homme s'intéresse à lui-même et se prenne pour objet de science ! Heureusement, le XXe siècle vint… **Reliez chaque auteur à sa spécialité et à son œuvre par un trait.**

L'AUTEUR	SPÉCIALISTE DE…	A ÉCRIT…
Durkheim	ethnologie	*Anthropologie structurale*
Freud	sémiologie	*Mythologies*
Saussure	psychanalyse	*Malaise dans la culture*
Lévi-Strauss	sociologie	*Cours de linguistique générale*
Barthes	linguistique	*Les Règles de la méthode sociologique*

DÉCOUVERTES ET INVENTIONS 11

Chaque époque a eu ses génies scientifiques, ses inventions, ses grands philosophes et ses artistes célèbres. **Complétez le tableau ci-dessous avec les termes suivants :**

Pasteur • Euclide • Galilée • Einstein • Léonard de Vinci ;
calculatrice mécanique • automobile à vapeur • moulin à eau • imprimerie • éclairage électrique ;
Kant • Descartes • Platon • Sartre ;
Bach • Michel-Ange • Picasso • Monet.

	SCIENCES	TECHNIQUES	PHILOSOPHIE	ARTS
Antiquité				Homère
Renaissance			Montaigne	
Siècle moderne				Molière
Siècle des lumières	Lavoisier			
XIXe siècle			Marx	
XXe siècle		Télévision		

Ajoutez, si vous en connaissez, des titres d'œuvres se rattachant à ces philosophes, ces peintres, ces écrivains, ou les inventions, les découvertes associées à ces scientifiques.

Exemple : *Lavoisier a participé, entres autres, à la réforme de la nomenclature chimique et déterminé la nature du phénomène de combustion.*

Recherchez des informations sur les autres…

HISTOIRE DES IDÉES 12

Cochez la bonne réponse.

1. Le mode d'enseignement et de pensée caractéristique des universités médiévales s'appelle :
☐ a) logistique ☐ b) sophistique ☐ c) scolastique ☐ d) spécifique

2. Parmi les valeurs suivantes, laquelle représente l'esprit médiéval ?
☐ a) le progrès ☐ b) la tolérance ☐ c) le respect des autorités ☐ d) la libre pensée

3. La nouvelle conception de l'homme qui apparaît à la Renaissance s'appelle :
☐ a) individualisme ☐ b) égocentrisme ☐ c) modernisme ☐ d) humanisme

4. Parmi les auteurs suivants, lequel a vécu à la Renaissance ?
☐ a) Montaigne ☐ b) Descartes ☐ c) Montesquieu ☐ d) Voltaire

5. Descartes est un philosophe :
☐ a) moderne ☐ b) scolastique ☐ c) empiriste ☐ d) matérialiste

6. Moderne s'oppose à :
☐ a) ancien ☐ b) classique ☐ c) contemporain ☐ d) périmé

7. Parmi les auteurs suivants, lequel a fait partie des Lumières ?
☐ a) Rabelais ☐ b) Pascal ☐ c) Machiavel ☐ d) Diderot

8. L'expression « Lumière naturelle » désigne :
☐ a) la liberté ☐ b) la raison ☐ c) le progrès ☐ d) le droit

9. Le romantisme préfère :
☐ a) le sentiment à la raison ☐ b) la guerre à la paix ☐ c) la société à l'individu
☐ d) l'ordre à la liberté

10. Le marxisme est :
☐ a) un idéalisme ☐ b) un matérialisme ☐ c) un pragmatisme ☐ d) un criticisme

LES TROIS HUMILIATIONS 13

Freud aurait bien voulu illustrer son texte sur les trois humiliations narcissiques de l'humanité par un tableau. Mais il n'a pas eu le temps de le finir ; **terminez-le.**

« Dans le cours des siècles, la science a infligé à l'égoïsme naïf de l'humanité deux graves démentis. La première fois, ce fut lorsqu'elle a montré que la Terre, loin d'être le centre de l'univers, ne forme qu'une parcelle insignifiante du système cosmique dont nous pouvons à peine nous représenter la grandeur. Cette première démonstration se rattache pour nous au nom de Copernic, bien que la science alexandrine ait déjà annoncé quelque chose de semblable.

Le second démenti fut infligé à l'humanité par la recherche biologique, lorsqu'elle réduisit à rien les prétentions de l'homme à une place privilégiée dans l'ordre de la création, en établissant sa descendance du règne animal et en montrant l'indestructibilité de sa nature animale. Cette dernière révolution s'est accomplie de nos jours, à la suite des travaux de Darwin, de Wallace et de leurs prédécesseurs, travaux qui ont provoqué la résistance la plus acharnée des contemporains.

Un troisième démenti sera infligé à la mégalomanie humaine par la recherche psychologique de nos jours qui se propose de montrer au moi qu'il n'est seulement pas maître dans sa propre maison, qu'il en est réduit à se contenter de renseignements rares et fragmentaires sur ce qui se passe, en dehors de sa conscience, dans sa vie psychique. »

ANCIENNE THÉORIE	NOM DE L'INVENTEUR	NOUVELLE THÉORIE
	Copernic	
		évolutionnisme
psychologie cartésienne		

LE JEU DES TRIADES 14

Chacune de ces activités humaines (art, technique, éducation et langage) associe trois acteurs (inscrits dans les cercles). **Replacez le terme permettant de qualifier leurs relations (signalées par les flèches).**

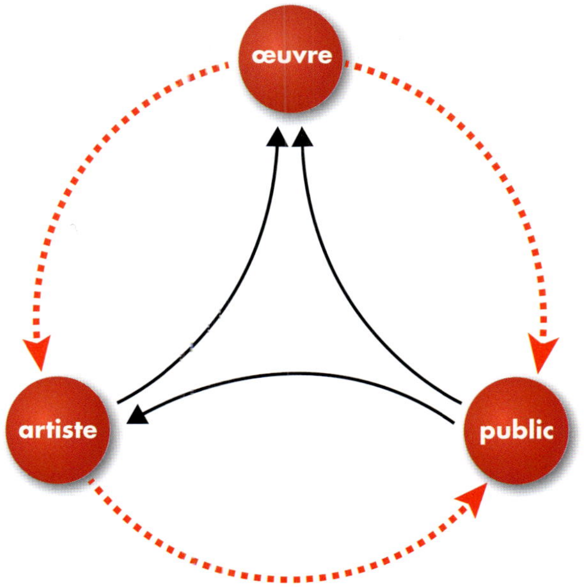

• crée • critique • contemple • satisfait • expose au • produit une émotion

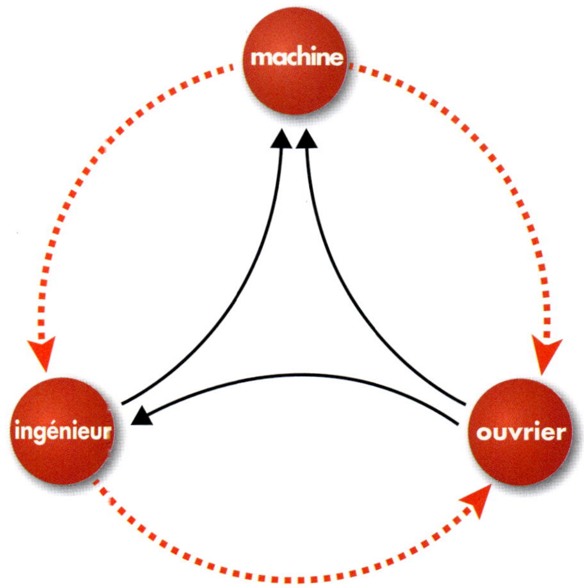

• règle • obéit • commande • s'impose à • sert • suit

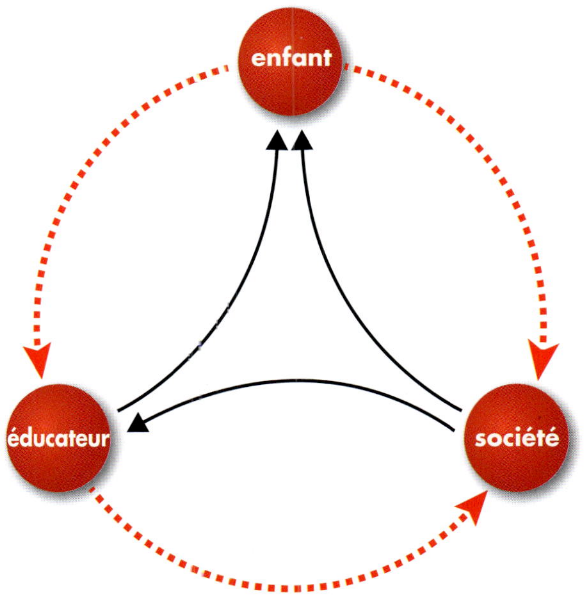

• s'adapte à • f nance • éduque • forme • obéit à • représente

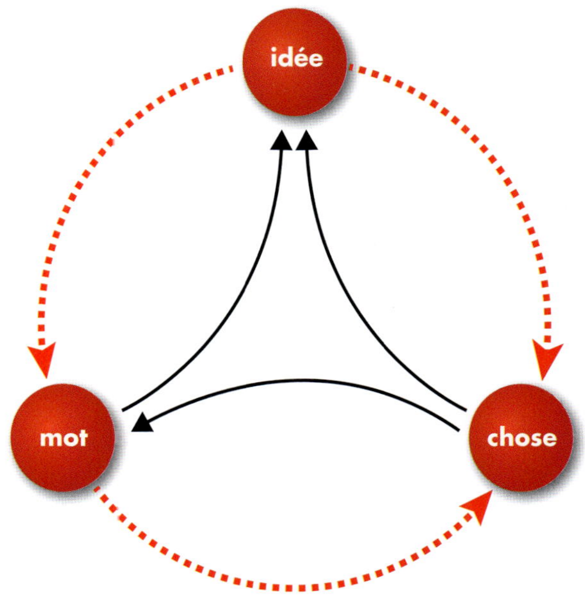

• exprime • dénomme • est représentée par • conçoit • est signifiée par • est appelée par

LES DROITS DE L'HOMME 15

Voici des extraits de la Déclaration des droits de l'homme et du citoyen de 1789. **Notez le numéro de l'article correspondant à :**

La liberté de conscience ....

La présomption d'innocence ....

Le droit de propriété ....

La liberté d'expression ....

La séparation des pouvoirs ....

Le devoir de l'impôt ....

L'égalité ....

ARTICLE 6. La loi est l'expression de la volonté générale. Tous les citoyens ont droit de concourir personnellement, ou par leurs représentants, à sa formation. Elle doit être la même pour tous, soit qu'elle protège, soit qu'elle punisse. Tous les citoyens, étant égaux à ses yeux, sont également admissibles à toutes dignités, places et emplois publics, selon leur capacité et sans autre distinction que celle de leurs vertus et de leurs talents. [...]

ARTICLE 9. Tout homme étant présumé innocent jusqu'à ce qu'il ait été déclaré coupable, s'il est jugé indispensable de l'arrêter, toute rigueur qui ne serait pas nécessaire pour s'assurer de sa personne doit être sévèrement réprimée par la loi.

ARTICLE 10. Nul ne doit être inquiété pour ses opinions, même religieuses, pourvu que leur manifestation ne trouble pas l'ordre public établi par la loi.

ARTICLE 11. La libre communication des pensées et des opinions est un des droits les plus précieux de l'homme : tout citoyen peut donc parler, écrire, imprimer librement, sauf à répondre de l'abus de cette liberté dans les cas déterminés par la loi. [...]

ARTICLE 13. Pour l'entretien de la force publique, et pour les dépenses d'administration, une contribution commune est indispensable. Elle doit être également répartie entre tous les citoyens, en raison de leurs facultés. [...]

ARTICLE 16. Toute société dans laquelle la garantie des droits n'est pas assurée, ni la séparation des pouvoirs déterminée, n'a point de constitution.

ARTICLE 17. La propriété étant un droit inviolable et sacré, nul ne peut en être privé, si ce n'est lorsque la nécessité publique, légalement constatée, l'exige évidemment, et sous la condition d'une juste et préalable indemnité.

LA DÉCLARATION DE 1948 16

Après la Seconde Guerre mondiale, en 1948, la Déclaration universelle de l'ONU a ajouté de nouveaux droits considérables ; **identifiez-les.**

Le droit à la sécurité sociale	....	Le droit d'association	....
L'asile politique	....	Le droit à l'éducation	....
Le droit à la protection sociale	....	Le droit au travail	....

ARTICLE 14. 1. Devant la persécution, toute personne a le droit de chercher asile et de bénéficier de l'asile en d'autres pays. 2. Ce droit ne peut être invoqué dans le cas de poursuites réellement fondées sur un crime de droit commun ou sur des agissements contraires aux buts et aux principes des Nations unies. [...]

ARTICLE 20. 1. Toute personne a droit à la liberté de réunion et d'association pacifiques. 2. Nul ne peut être obligé de faire partie d'une association. [...]

ARTICLE 22. Toute personne, en tant que membre de la société, a droit à la sécurité sociale ; elle est fondée à obtenir la satisfaction des droits économiques, sociaux et culturels indispensables à sa dignité et au libre développement de sa personnalité, grâce à l'effort national et à la coopération internationale, compte tenu de l'organisation et des ressources de chaque pays.

ARTICLE 23. 1. Toute personne a droit au travail, au libre choix de son travail, à des conditions équitables et satisfaisantes de travail et à la protection contre le chômage. 2. Tous ont droit, sans aucune discrimination, à un salaire égal pour un travail égal. 3. Quiconque travaille a droit à une rémunération équitable et satisfaisante lui assurant ainsi qu'à sa famille une existence conforme à la dignité humaine et complétée, s'il y a lieu, par tous autres moyens de protection sociale. 4. Toute personne a le droit de fonder avec d'autres des syndicats et de s'affilier à des syndicats pour la défense de ses intérêts. [...]

ARTICLE 25. 1. Toute personne a droit à un niveau de vie suffisant pour assurer sa santé, son bien-être et ceux de sa famille, notamment pour l'alimentation, l'habillement, le logement, les soins médicaux ainsi que pour les services sociaux nécessaires ; elle a droit à la sécurité en cas de chômage, de maladie, d'invalidité, de veuvage, de vieillesse ou dans les autres cas de perte de ses moyens de subsistance par suite de circonstances indépendantes de sa volonté. 2. La maternité et l'enfance ont droit à une aide et à une assistance spéciales. Tous les enfants, qu'ils soient nés dans le mariage ou hors mariage, jouissent de la même protection sociale.

ARTICLE 26. 1. Toute personne a droit à l'éducation. L'éducation doit être gratuite, au moins en ce qui concerne l'enseignement élémentaire et fondamental. L'enseignement élémentaire est obligatoire. L'enseignement technique et professionnel doit être généralisé ; l'accès aux études supérieures doit être ouvert en pleine égalité à tous en fonction de leur mérite. 2. L'éducation doit viser au plein épanouissement de la personnalité humaine et au renforcement du respect des droits de l'homme et des libertés fondamentales. Elle doit favoriser la compréhension, la tolérance et l'amitié entre toutes les nations et tous les groupes raciaux ou religieux, ainsi que le développement des activités des Nations unies pour le maintien de la paix. 3. Les parents ont, par priorité, le droit de choisir le genre d'éducation à donner à leurs enfants.

LES MOUVEMENTS 17

Bach est-il baroque ou classique ? Picasso est-il abstrait ou cubiste ? **Classez les artistes dans le mouvement auquel ils appartiennent et dans le siècle auquel ils ont vécu en reliant les termes par des traits.**

L'ARTISTE	APPARTENAIT AU…	A VÉCU AU…
Bach	Art abstrait	
Beethoven	Baroque	XVIIe siècle
Corneille	Classicisme	
Flaubert	Cubisme	XVIIIe siècle
Kandinsky	Impressionnisme	
Magritte	Naturalisme	XIXe siècle
Monet	Réalisme	
Picasso	Romantisme	XXe siècle
Zola	Surréalisme	

LES ÉCRIVAINS 18

La littérature n'a pas attendu la mondialisation de l'économie pour circuler. **Donnez à chaque œuvre le nom de son auteur ainsi que sa nationalité d'origine, en reliant les termes par des traits.**

L'ÉCRIVAIN	A ÉCRIT…	ET ÉTAIT…
Thomas Bernhard	*À la recherche du temps perdu*	allemand
Jorge Luis Borges	*Le Nom de la rose*	américain
Marguerite Duras	*Fictions*	britannique
Umberto Eco	*La Cantatrice chauve*	argentin
Ernest Hemingway	*La Mort à Venise*	autrichien
Eugène Ionesco	*Le Vieil Homme et la Mer*	français
James Joyce	*Les Belles Endormies*	irlandais
Thomas Mann	*Lolita*	italien
Vladimir Nabokov	*Maîtres anciens*	japonais
Marcel Proust	*Mrs Dalloway*	roumain
Virginia Woolf	*Ulysse*	russe
Kawabata Yasunari	*Un barrage contre le Pacifique*	

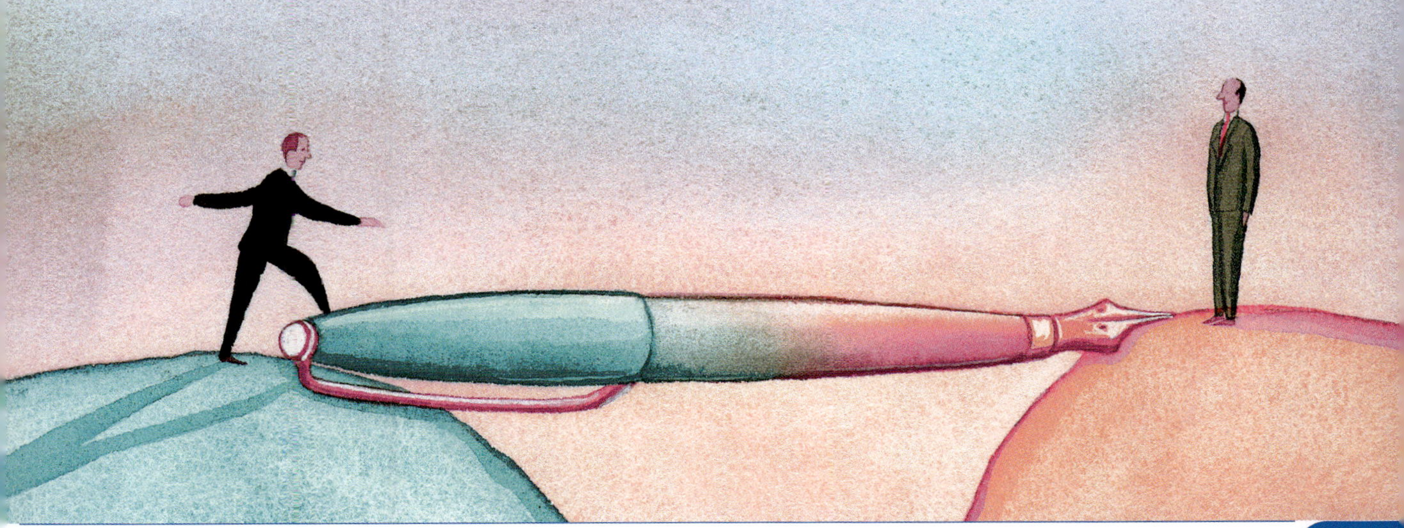

ESH Économie, sociologie et histoire du monde contemporain

C'est un nom bien compliqué pour une discipline nouvelle en classe préparatoire économique et commerciale qui se compose ainsi : prenez un beau morceau de sciences économiques et sociales correspondant en grande partie aux programmes de première et de terminale, option SES (« légèrement » approfondis !) ; ajoutez de l'histoire des faits économiques et sociaux depuis 1800 (et parfois un peu avant !) ; mélangez bien pour donner de la consistance à vos analyses du monde. Voilà, c'est ça, l'ESH… Les exercices qui vous sont proposés dans ce cahier s'inspirent, de près ou d'un peu plus loin, du programme des deux années (voir page 75).

Pendant vos deux années de prépa, vous allez pratiquer cette matière 6 heures par semaine, auxquelles il faut ajouter 2 heures de comptabilité nationale et microéconomie (en 1re année) ou de macroéconomie (en seconde). Pour progresser, il ne suffira pas de suivre les cours (même s'ils sont très bons). Un peu de lecture ne vous fera pas de mal pour élever votre niveau de connaissances : la presse, les magazines spécialisés, quelques ouvrages basiques, et d'autres qui le sont moins mais tout de même stimulants, bref, vous en profiterez pour visiter le CDI. Bien entendu, un bon film, une émission de télé ou de radio, et des discussions entre amis (voire avec des ennemis), peuvent aussi vous apporter beaucoup.

Mais quelles sont donc les épreuves qui vous attendent en ESH ?

Essentiellement des dissertations sans documents : un sujet à traiter en 4 heures. Dans certains cas, vous aurez le choix entre deux sujets, dans d'autres, un sujet vous sera imposé. Certaines écoles proposent une épreuve comportant, d'une part, 4 questions auxquelles il faut répondre en 200 mots et, d'autre part, un sujet de dissertation – sans rapport avec les questions – dont la rédaction ne devra pas dépasser 4 pages (deux sujets de dissertation sont proposés au choix du candidat). Il faut donc que vous maîtrisiez les méthodes que vous avez apprises en première et terminale ES pour bien construire vos dissertations et valoriser leur contenu.

Passons maintenant à ce qui est certainement votre premier contact avec l'ESH ; vous allez sans doute vous rendre compte que vous n'êtes pas totalement en territoire inconnu…

LES AUTEURS À CONNAÎTRE 1

Reliez chaque auteur à la citation qui lui correspond.

1 Adam Smith (1723-1790)

2 David Ricardo (1772-1823)

3 Karl Marx (1818-1883)

4 Max Weber (1864-1920)

5 John Maynard Keynes (1883-1946)

6 Joseph Aloïs Schumpeter (1883-1950)

7 Pierre Bourdieu (1930-2002)

8 Milton Friedman (1912-2006)

a) L'histoire de toute société jusqu'à nos jours est l'histoire des luttes de classes.

b) Ce processus de destruction créatrice constitue la donnée fondamentale du capitalisme.

c) La division du travail [...] amène un accroissement proportionnel de la puissance productive du travail.

d) Les biens se convertissent en signes distinctifs, qui peuvent être des signes de distinction.

e) L'insuffisance de la demande effective met un frein au progrès de la production.

f) L'inflation est partout et toujours un phénomène monétaire.

g) L'avidité d'un gain sans aucune limite n'équivaut en rien au capitalisme, encore moins à son esprit.

h) Dans un système de parfaite liberté du commerce, chaque État consacre habituellement son capital et son travail aux emplois qui sont les plus avantageux.

QUESTION DE CHRONOLOGIE ! 2

Retrouvez les dates de tous les événements et replacez-les dans l'ordre sur la frise ci-dessous.
Pour répondre, sans doute vaudrait-il mieux commencer par… le début !

- **A** Conférence de Bretton Woods : un an plus tard, une guerre mondiale s'achève, un 8 mai.
- **B** Signature du traité de Rome instituant la CEE : 50 ans avant la crise des *subprimes* aux États-Unis.
- **C** Crise des *subprimes* aux États-Unis : 16 ans après la fin de l'URSS.
- **D** Signature du GATT : 3 ans après la conférence de Bretton Woods.
- **E** Début de la crise asiatique : 2 ans après la mise en place de l'OMC.
- **F** Création de la Sécurité sociale en France : 12 ans plus tard, la France sera un des pays signataires du traité de Rome instituant la CEE.
- **G** Création de l'euro : 7 ans après la signature du traité de Maastricht.
- **H** Loi des 35 heures en France : 55 ans après la création de la Sécurité sociale.
- **I** Signature du traité de Maastricht instituant l'Union européenne : 35 ans après le traité de Rome.
- **J** Fin de l'URSS : l'euro verra le jour 8 ans plus tard.
- **K** Mise en place de l'OMC : 48 ans après la signature du GATT.
- **L** Premier choc pétrolier : 24 ans plus tard, la crise asiatique débute.

DÉMÊLEZ LE VRAI DU FAUX 3

Répondez à chacune de ces affirmations concernant les activités économiques et sociales en cochant « Vrai » ou « Faux ».

1. Le taux de natalité est mesuré par le nombre d'enfants par femme. ☐ Vrai ☐ Faux

2. La population active comprend ceux qui ont un emploi et les chômeurs. ☐ Vrai ☐ Faux

3. L'émigration désigne l'entrée et l'installation durable, dans un pays, de personnes étrangères. ☐ Vrai ☐ Faux

4. Thomas Robert Malthus (1766-1834) est connu pour ses thèses natalistes. ☐ Vrai ☐ Faux

5. Dans les pays développés, le secteur tertiaire occupe la plus grande part des actifs. ☐ Vrai ☐ Faux

6. Seules les administrations produisent des services. ☐ Vrai ☐ Faux

7. Les ménages consomment mais ils investissent également, notamment quand ils acquièrent un logement. ☐ Vrai ☐ Faux

8. La productivité du travail correspond à ce que produit l'ensemble des travailleurs en un temps donné. ☐ Vrai ☐ Faux

9. Le revenu disponible des ménages est établi avant paiement des impôts sur le revenu et des cotisations sociales. ☐ Vrai ☐ Faux

10. Les importations accroissent l'offre de biens et de services à disposition de l'économie nationale tandis que les exportations constituent une demande de biens et de services émanant de l'étranger. ☐ Vrai ☐ Faux

UN CHEVAL... DES CHEVAUX (VAPEUR) !

4

Complétez le texte ci-dessous, sur la croissance économique au XIXe siècle, en plaçant correctement les mots suivants :

capitaux • rendements • produits industriels • rails • population • main-d'œuvre • exode rural • privée • urbaine • outillage • productivité • routes • agricole • mortalité • chemin de fer

Dans la plupart des pays, la révolution industrielle est précédée d'une révolution agricole : l'amélioration progressive de l'.., l'adoption de nouvelles techniques culturales (suppression de la jachère...), de nouvelles structures juridiques (suppression des vaines pâtures et appropriation .... des terres...), élèvent les .... et la .... du travail. La production agricole répond alors à la demande d'une population .... de plus en plus nombreuse. Par ailleurs, le développement agricole induit une demande de .... (engrais, charrues...) qui contribuent à la croissance de la production .... En outre, l' .... répond en partie aux besoins de main-d'œuvre de l'industrie (à des degrés divers selon les pays). En revanche, les .... tirés de l'agriculture semblent avoir peu contribué au financement de l'industrialisation.

La révolution agricole favorise l'accroissement conséquent de la .... (révolution démographique) : en augmentant les quantités et la qualité de la nourriture disponible, la révolution agricole contribue à la baisse des taux de .... tandis que les taux de natalité restent élevés (sauf en France).

Cet accroissement démographique alimente l'industrie en .... et élargit les marchés.

La révolution des transports ajoute ses effets bénéfiques. L'amélioration des ...., le développement des canaux, puis du .... , unifient les marchés et contribuent à l'essor de la demande (matériaux de construction, machines, ... , locomotives...).

FLUCTUEZ MAIS NE COULEZ PAS 5

Complétez cette grille de mots correspondant aux définitions et **retrouvez verticalement le mot coloré** dont la définition est : « sortie d'une période de contraction durable du PIB ».

								I	S	E			
	S	C				P				R			
						X		A	N			O	N
		J		G	L	A							
K				R					F	F			
		D	E			E			I	O	N		
					T	R		N	D				

Tendance dans laquelle s'inscrit l'évolution d'une grandeur (par exemple le PIB) au cours d'une longue période.

Économiste autrichien (1883-1950) qui a étudié les cycles longs en relation avec le rythme des innovations.

Économiste russe (1892-1938) qui a repéré des cycles longs de 50 ans, environ, au cours du XIXe siècle et au début du XXe.

Économiste français (1819-1905) qui a défini des cycles périodiques d'une durée de 8 ans, environ.

Retournement de la conjoncture économique marquant la fin d'une période de hausse du PIB.

Croissance du PIB pendant une courte ou moyenne période.

Contraction durable du PIB.

DES MOTS... DE TÊTE ! 6

Retrouvez les mots liés à la monnaie et au financement de l'économie grâce aux définitions données et placez-les dans cette grille.

Horizontalement

2) Lieu où s'échangent des valeurs mobilières (actions, obligations). (6 lettres)

3) Économiste britannique (1883-1946) qui préconisait de lutter contre le chômage par des politiques monétaires de relance. (6 lettres)

7) Il est à l'origine de la création monétaire par les banques. (6 lettres)

10) Elle est un instrument de réserve, un intermédiaire des échanges et un étalon de valeur. (7 lettres)

12) Elles créent de la monnaie. (7 lettres)

14) Elle met en œuvre la politique monétaire de la zone euro. (3 lettres)

15) Rémunération du prêteur. (7 lettres)

16) Partie du revenu disponible qui n'est pas dépensée. (7 lettres)

17) Financement des investissements d'un agent économique avec sa propre épargne. (15 lettres)

19) Qualifie la banque auprès de laquelle les autres banques peuvent se refinancer en dernier recours. (8 lettres)

Verticalement

1) Économiste monétariste américain (1912-2006) pour qui l'inflation est toujours d'origine monétaire. (8 lettres)

4) Monnaie unique européenne. (4 lettres)

5) Qualifie la monnaie qui n'est pas sous la forme de billets ou de pièces. (11 lettres)

6) Rémunération de l'actionnaire. (9 lettres)

8) Terme souvent utilisé comme synonyme de mondialisation financière. (13 lettres)

9) Ensemble des dettes d'un agent économique. (11 lettres)

11) Titres de créance négociables en bourse émis par des entreprises ou des institutions publiques comme l'État. (11 lettres)

13) Titres de propriété d'une entreprise sociétaire, qui, sous certaines conditions, peuvent être cotés en bourse. (7 lettres)

18) Ancienne monnaie française. (5 lettres)

MOTS MÊLÉS 7

Dans cette carte, **retrouvez les 27 pays membres de l'Union européenne.**
Vous pouvez effectuer votre recherche horizontalement, verticalement et même en diagonale !

```
                    A R
                  K L O
                  Z L U J
                  V E M       H E
                Z A M A D   Z R E H M B
              U K H C A N Q A P I D H E F K
              E Z H U G I P Y N F K D V H
            P C H G W W N E H O J E E Z E R V
  T U   L H O N G R I E F E C T R L U M D P M J
  W P R O Y A U M E U N I F T E I S O R A R F
    D P O R T U G A L O N E I L R Y X G B R V
      N F P A Y S B A S L N B E S P A G N E K
      E S T O N I E S W A S E B V Z X Z Y E F
D G   S L O V E N I E U N S L O V A Q U I E
D E G G   O J E A B K W T Y D O G V     E K
R L U X E M B O U R G D R I L U E D I
A S E I R O O X Z K F   L Q V   Y G Q
Y A C L B U L G A R I E     R   F U P
A J È A U T R I C H E O     K   C E S U
L R T C H È Q U I E       S Q     F I G M
G I R L A N D E F         H N       B A O N
Q M H I B Q M             Y Q         L   O
Y D P Q M E                           T C
                                  B P F E
                                    H Q
```

LE SUDOKU DES SOCIOLOGUES 8

Remplissez chaque case avec un sociologue (utilisez la lettre qui lui est associée) ; il ne peut y avoir qu'une fois le même sociologue sur une ligne ou une colonne.

Karl Marx (1818-1883) est un sociologue mais aussi un économiste et un philosophe allemand qui développe une analyse critique du capitalisme perçu comme un système d'exploitation de l'homme par l'homme : les capitalistes exploitent le prolétariat. Les comportements humains sont dépendants de la classe à laquelle les individus appartiennent.

Émile Durkheim (1858-1917) est un sociologue français pour qui les comportements humains résultent des forces impersonnelles qu'exerce l'organisation sociale sur ses membres, qui conservent cependant une certaine autonomie.

Pierre Bourdieu (1930-2002) est un sociologue français qui perçoit dans les pratiques et dans les comportements humains des logiques de domination autour desquelles s'organisent les relations sociales. Dans cette perspective, les comportements des individus sont le fruit à la fois de leur choix et de leur milieu social. La sociologie de Bourdieu s'inspire aussi bien de Durkheim, de Weber que de Marx.

Max Weber (1864-1920) est un sociologue allemand qui analyse les comportements sociaux sur la base du sens que les individus, en interaction, leur donnent.

LE LIBRE-ÉCHANGE, ATTENTION DANGER !

9

Complétez le schéma en y plaçant les termes suivants :

- Accentuation de la concurrence
- Problèmes de financement des services publics et de la protection sociale
- Baisse de l'emploi
- Ralentissement de la croissance
- Ralentissement de la demande
- Pression à la baisse sur les cotisations sociales et les impôts

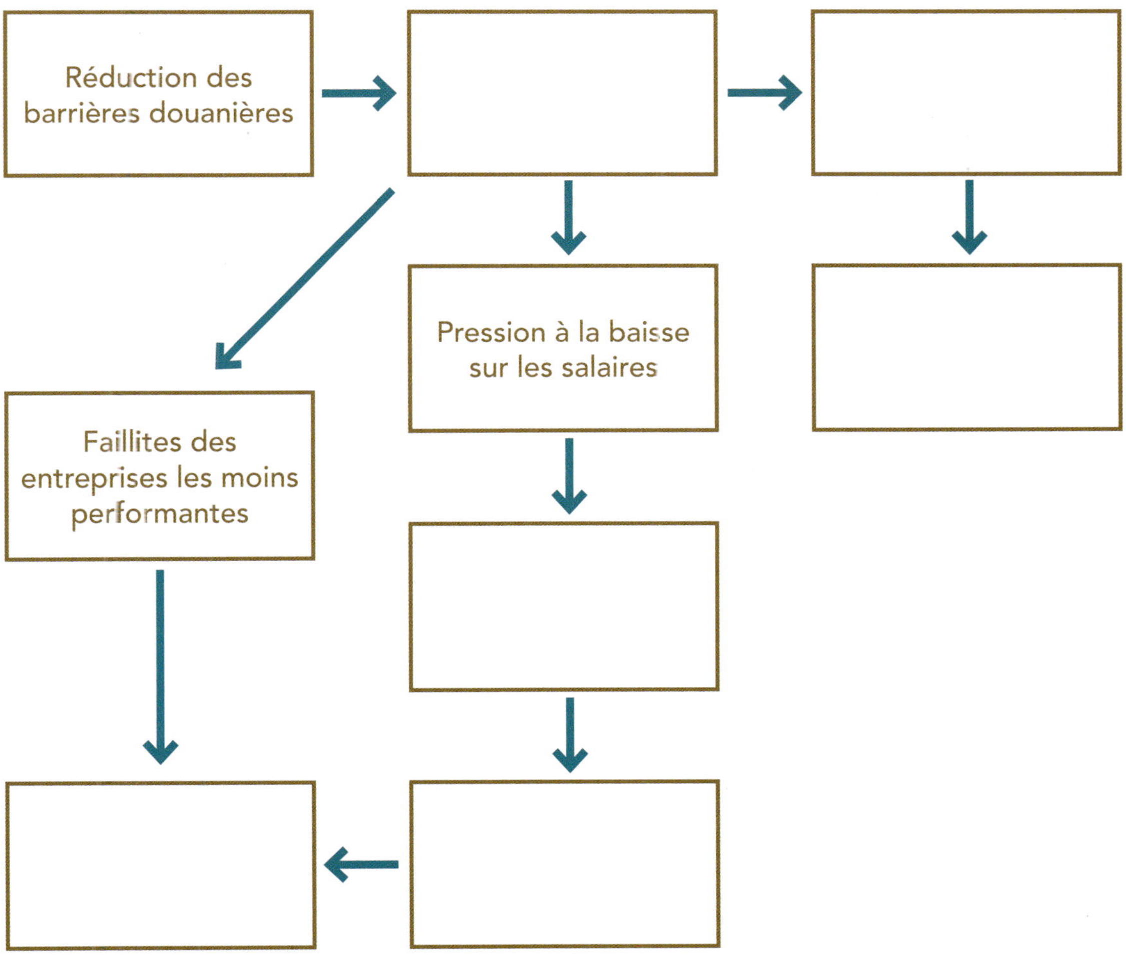

LE DOLLAR, ÇA EUT PAYÉ ! 10

Cochez la bonne réponse.

1. Lorsque le taux de change du dollar s'apprécie :

- ☐ a) l'offre de dollars est supérieure à la demande de dollars sur les marchés des changes.
- ☐ b) l'offre de dollars est inférieure à la demande de dollars sur les marchés des changes.
- ☐ c) l'État américain a réévalué sa monnaie.

2. L'étalon or (*gold standard*) est un système monétaire international qui prévoit :

- ☐ a) que les monnaies nationales soient convertibles en or et entre elles.
- ☐ b) que les monnaies nationales soient convertibles en certaines monnaies nationales elles-mêmes convertibles en or.
- ☐ c) que les monnaies nationales soient convertibles en une monnaie étalon qui est elle-même convertible en or.

3. Le système monétaire international défini lors de la conférence de Bretton Woods est :

- ☐ a) un système d'étalon or (*gold standard*).
- ☐ b) un système d'étalon de change or (*gold exchange standard*).
- ☐ c) ni l'un ni l'autre.

4. Le Fonds monétaire international (FMI) est une institution internationale créée :

- ☐ a) lors de la conférence de Bretton Woods en 1944.
- ☐ b) lors de la conférence de Washington en 1971.
- ☐ c) lors de la conférence de Kingston en 1976.

5. Le régime de changes flottants désigne un système qui prévaut dans le monde depuis :

- ☐ a) les années cinquante.
- ☐ b) les années soixante.
- ☐ c) les années soixante-dix.

6. La globalisation financière, qui se traduit par la libre circulation des capitaux entre les pays, permet :

- ☐ a) de concilier un régime de taux de change fixes et la mise en œuvre de politiques monétaires nationales autonomes.
- ☐ b) de concilier un régime de taux de change flottants et la mise en œuvre de politiques monétaires nationales autonomes.

DES ÉQUILIBRES, DÉSÉQUILIBRES… 11

A) Première charade

Mon premier n'est pas froid.
Mon deuxième porte les voiles sur un bateau.
Mon troisième permet de s'exprimer à la première personne.
Mon tout est un déséquilibre sur le marché du travail.

B) Deuxième charade

Mon premier est le nombre exprimant une paire.
Mon deuxième est l'ultime syllabe d'anticonstitutionnellement.
Mon troisième est la copie conforme de mon premier.
Les keynésiens considèrent que l'insuffisance de mon tout est la cause du déséquilibre évoqué dans la première charade.

C) Troisième charade

Mon premier est à la base de l'alimentation en Asie.
Mon deuxième est la 10e lettre de l'alphabet.
Mon troisième est la 4e lettre de l'alphabet anglais.
Mon quatrième est une plante aromatique utilisée pour confectionner un breuvage très apprécié par les Britanniques.
Pour les libéraux, mon tout conduit au déséquilibre évoqué dans la première charade.

D) En remettant de l'ordre dans ces lettres, vous trouverez un autre déséquilibre que peuvent connaître les économies nationales.

E) En plaçant les lettres dans le bon ordre, vous identifierez un déséquilibre qui est l'inverse du précédent.

LE BON PLAN DES VACANCES 12

Analysez le sujet : un tiers-monde ou des tiers-mondes ?
Complétez le plan de cet hypothétique devoir en utilisant les éléments ci-dessous :

- Il existe un « troisième monde » regroupant des pays pauvres et dominés.
- L'éclatement du tiers-monde s'est amplifié du fait de stratégies de développement différentes.
- Ce « troisième monde » est d'emblée diversifié.
- L'unité du tiers-monde repose également sur un faible niveau de développement.
- Le tiers-monde correspond à des pays dissemblables (culture, étendue, démographie, régime politique…).
- Des pays intermédiaires ont fait évoluer leur spécialisation alors que d'autres sont restés très pauvres (PMA).
- Les nouveaux indicateurs de développement humain traduisent aussi cette diversité.
- Des pays émergents ont fondé leur développement sur une insertion croissante dans les échanges mondiaux.
- Les indicateurs de développement traduisent la diversité du tiers-monde.

PLAN

1. Dès les années cinquante, le tiers-monde n'est pas un ensemble homogène.

A : ....

a) L'unité du tiers-monde paraît être d'abord politique.

b) ....

B : ....

a) ....

b) Les niveaux de développement sont contrastés.

2. Depuis les années soixante-dix, l'éclatement du tiers-monde devient plus net.

A : ....

a) La grande diversité du tiers-monde est confirmée par les indicateurs traditionnels de développement.

b) ....

B : ....

a) ....

b) ....

SOUHAITEZ-VOUS CHANGER DE POSITION ?

13

Retrouvez la définition correspondant à chacun des termes suivants pour les associer.

1. **Mobilité sociale** ……………
2. **Mobilité intergénérationnelle** ……………
3. **Mobilité intragénérationnelle** ……………
4. **Mobilité structurelle** ……………
5. **Mobilité nette** ……………
6. **Fluidité sociale** ……………
7. **Hérédité sociale** ……………

A : **Atténuation du lien entre la position sociale d'origine de l'individu et la position sociale qu'il occupe.**

B : **Changement de position sociale d'un individu en regard de la position sociale de l'un de ses parents qui s'explique par des transformations socio-économiques, comme celles de la structure des emplois.**

C : **Changement de position sociale d'un individu en regard de la position sociale de l'un de ses parents qui ne s'explique pas par des transformations socio-économiques.**

D : **Immobilité sociale intergénérationnelle.**

E : **Changement de position d'un individu sur une échelle sociale.**

F : **Changement de position sociale d'un individu en regard de la position sociale de l'un de ses parents.**

G : **Changement de position sociale d'un individu au cours de sa vie professionnelle.**

HISTOIRE, GÉOGRAPHIE, GÉOPOLITIQUE DU MONDE CONTEMPORAIN

Mondialisation, développement durable, crises économiques, émergence des géants, soigner et nourrir plus de sept milliards d'humains… Autant de thèmes très médiatisés que l'on trouve dans bien des accroches ou comme chute factorielle, alors que ce ne sont que des portes qu'il faut encore pousser.

L'année de terminale vous aura déjà donné l'occasion de commencer à découvrir l'analyse spatiale à l'échelle planétaire. La classe prépa commerciale vous propose, associée à l'histoire économique du xxe siècle, une étude de la mondialisation par des entrées thématiques puis régionales (par grands ensembles : Europe, Afrique, Proche-Orient, Amériques et Asie).

Comment analyser la complexité du monde contemporain ? Comment comprendre les nouveaux jeux d'acteurs ? Comment l'histoire de l'économie mondiale récente éclaire-t-elle les mécanismes aujourd'hui à l'œuvre ? Quels grands défis doivent relever gouvernants et citoyens du xxie siècle ? Complétée par une lecture de la presse généraliste et spécialisée, c'est une discipline qui vous fournira des outils pour affiner votre lecture du monde.

CONNAISSEZ-VOUS LES FRANÇAIS ? 1

Cochez la (les) proposition(s) correspondante(s).

1. Population totale (en habitants)

☐ a) 66 998 000 ☐ b) 63 235 760
☐ c) 64 303 000

2. Moins de 20 ans (en %)

☐ a) 22,1 ☐ b) 24,7 ☐ c) 26,3

3. 65 ans et plus (en %)

☐ a) 11 ☐ b) 13 ☐ c) 19

4. Taux de natalité (en ‰)

☐ a) 9 ☐ b) 12 ☐ c) 14

5. Espérance de vie à la naissance (en années)

☐ a) 77,5 ☐ b) 82,4 ☐ c) 84,3

6. Taux de mortalité (en %)

☐ a) 8,3 ☐ b) 10,4 ☐ c) 11,6

7. Chômage (en %)

☐ a) 8,1 ☐ b) 9,3 ☐ c) 10,5

LA FRANCE N'A-T-ELLE QU'UNE CAPITALE ? 2

Reliez les noms des villes à leur population et retrouvez ainsi le classement des 10 premières villes françaises.

Montpellier ○	○ 2 240 621
Strasbourg ○	○ 852 516
Lille ○	○ 496 343
Lyon ○	○ 453 317
Nantes ○	○ 343 629
Bordeaux ○	○ 291 604
Marseille ○	○ 274 394
Toulouse ○	○ 268 456
Paris ○	○ 241 287
Nice ○	○ 228 652

QUI EST *IN* ? QUI EST *OUT* ? 3

Complétez la carte ci-dessous en plaçant les noms des États membres de l'UE.

Indiquez la date de leur entrée dans la communauté européenne parmi les propositions suivantes : 1957 • 1973 • 1981 • 1986 • 1995 • 2004 • 2007.

Placez enfin les symboles € sur les États membres de la zone euro et **S** sur les États membres à part entière de l'espace Schengen.

L'AMÉNAGEMENT DU TERRITOIRE EN FRANCE 4

Retrouvez les bonnes dates afin de rétablir la chronologie à partir des propositions suivantes :

a) La DATAR, devenue DIACT en 2006, est créée une dizaine d'années avant un choc économique mondial majeur.

b) Jean-François Gravier publie *Paris et le désert français* 23 ans avant la création des villes nouvelles.

c) Avec la décentralisation, une loi instituant les « régions de programme » est votée, un an après un tournant historique de la Vᵉ République.

d) La loi créant les villes nouvelles est adoptée 11 ans avant l'ouverture de la première ligne TGV.

e) L'aménagement touristique du Languedoc-Roussillon débute alors que l'instrument principal de l'aménagement du territoire français est créé.

f) Le premier tronçon d'une ligne TGV qui reliera Paris au Sud-Est est ouvert entre Saint-Florentin et Lyon, 26 ans avant l'ouverture de la ligne du TGV Est.

g) La CNABRL (Commission nationale d'aménagement du Bas-Rhône-Languedoc) se crée alors qu'une certaine Marilyn laisse voler sa robe au-dessus d'une grille de métro.

h) Le Conservatoire du littoral est créé une décennie avant qu'on ne songe à protéger les montagnes.

i) La loi Montagne est adoptée 4 ans après l'ouverture du premier tronçon de ligne TGV en France.

j) La création des métropoles d'équilibre intervient 16 ans après un rapport à la postérité inattendue.

LA VILLE EN MOTS 5

À l'aide des définitions proposées, **retrouvez les mots** définis sous forme d'anagrammes.

Anagrammes	Définitions
CHOPÉCARAMILE ○	○ Système urbain déséquilibré au profit d'une ville beaucoup plus peuplée que les autres
LOPECNETHO ○	○ Ville dont les fonctions reposent sur les hautes technologies
NOMMUCE RIUBANIEPRÉ ○	○ Commune urbaine à l'exception du pôle urbain
NETCARL NUISESSB CITRITSD ○	○ Centre des affaires d'une grande ville
GALIMOTÉGRAN ○	○ Ensemble formé par une ville centre et ses banlieues
ÉPOLLOMAGE ○	○ Centre mondial pourvu de concentrations humaines et de richesses
PÉTOROLME ○	○ Ville exerçant une influence déterminante sur un espace donné grâce aux fonctions, notamment de commandement, dont elle dispose
LEVIL VOULELNE ○	○ Ville dont l'aménagement s'accompagne d'une volonté politique dans le cadre d'une politique d'urbanisation
LÉPOGAME ○	○ Très grande ville
LIVEL AELBOGL ○	○ Ville dotée de fonctions de commandement majeures dans les domaines économique, financier, politique, culturel et technologique, et dont l'aire d'influence est mondiale

DES MOTS… (GRAPHIE) 6

Cochez la ou les bonne(s) définition(s).

1) Natalité :

☐ a) nombre de naissances vivantes en un an.
☐ b) nombre total de naissances rapporté à la population totale. ☐ c) nombre total de naissances.

2) Mortalité :

☐ a) nombre total de décès. ☐ b) nombre total de décès rapporté à la population totale.
☐ c) nombre de décès en un an.

3) Espérance de vie :

- ☐ a) calculée à n'importe quel âge, indicateur synthétique de l'état de la mortalité.
- ☐ b) calculée à la naissance, le nombre d'années moyen à vivre.
- ☐ c) durée moyenne de la vie des hommes et des femmes d'un pays.

4) ICF :

- ☐ a) nombre moyen d'enfants par femme.
- ☐ b) indicateur synthétique calculé à partir de la fécondité des femmes en âge de procréer.
- ☐ c) nombre total d'enfants d'une génération de femmes à la fin de la période fertile.

5) Accroissement naturel :

- ☐ a) mortalité – natalité. ☐ b) natalité – mortalité + solde migratoire.
- ☐ c) natalité – mortalité.

6) Solde migratoire :

- ☐ a) émigration – immigration. ☐ b) immigration – émigration.
- ☐ c) immigration + émigration.

7) Croissance démographique :

- ☐ a) natalité – mortalité + solde migratoire. ☐ b) solde naturel – solde migratoire.
- ☐ c) solde naturel + solde migratoire.

8) Seuil de renouvellement :

☐ a) 2 ☐ b) 2,1 ☐ c) 2,2

9) Émigration :

- ☐ a) mouvement de celui qui quitte l'endroit où il réside pour aller vivre ailleurs.
- ☐ b) ensemble de ceux qui quittent un pays pour aller dans un autre.
- ☐ c) mouvement de celui qui quitte le pays dans lequel il réside.

10) Immigré :

- ☐ a) celui qui séjourne plus d'une durée déterminée dans un pays qui n'est pas le sien.
- ☐ b) celui qui a effectué sa migration.
- ☐ c) celui qui quitte son pays d'origine pour aller vivre dans un autre État.

11) Migration :

- ☐ a) déplacement entre deux États. ☐ b) déplacement durable ou définitif.
- ☐ c) déplacement de population quantifié.

12) Étranger :

- ☐ a) celui qui n'est pas de la nationalité du pays où il réside. ☐ b) celui qui ne vit pas dans son pays.
- ☐ c) celui qui n'appartient pas à l'endroit où il vit.

13) Clandestin :

- ☐ a) celui qui voyage sans titre de transport et pénètre illégalement sur un territoire.
- ☐ b) celui qui est entré illégalement dans le pays.
- ☐ c) celui qui ne dispose pas des documents lui permettant de résider légalement dans le pays où il vit.

14) Transition démographique :

- ☐ a) passage d'une forte natalité et forte mortalité à une faible mortalité et faible natalité.
- ☐ b) passage d'un régime démographique traditionnel à un régime moderne.
- ☐ c) baisse de la mortalité puis de la natalité.

À LA RENCONTRE DU GÉANT 7

Répondez par « Vrai » ou « Faux »
aux affirmations suivantes :

1) Le charbon est la 2e source d'énergie en Chine.

☐ Vrai ☐ Faux

2) La Chine compte 1,3 milliard d'habitants, environ.

☐ Vrai ☐ Faux

3) La riziculture en terrasse n'est pas pratiquée en Chine.

☐ Vrai ☐ Faux

4) Le fleuve Bleu, le fleuve Jaune et fleuve Rouge sont les trois premiers fleuves chinois.

☐ Vrai ☐ Faux

5) La Chine s'étend sur moins de 10 millions de km^2.

☐ Vrai ☐ Faux

6) Mao Zedong est décédé en 1977.

☐ Vrai ☐ Faux

7) La Chine refuse de rejoindre l'OMC.

☐ Vrai ☐ Faux

8) Hong Kong a été rétrocédée à la Chine en 1996.

☐ Vrai ☐ Faux

9) Les Tibétains sont des Chinois.

☐ Vrai ☐ Faux

10) Le delta de la rivière des Perles est l'une des régions économiques les plus actives du littoral chinois.

☐ Vrai ☐ Faux

11) L'APEC compte la Chine parmi ses membres.

☐ Vrai ☐ Faux

12) La Chine compte l'ASEAN parmi ses partenaires commerciaux privilégiés.

☐ Vrai ☐ Faux

13) La mer de Chine orientale borde en partie les côtes chinoises.

☐ Vrai ☐ Faux

14) Le riz est la seule culture majeure en Chine.

☐ Vrai ☐ Faux

VISUALISER LA DIVERSITÉ DÉMOGRAPHIQUE MONDIALE

8

Comparez la part des 0-9 ans dans les 4 pyramides des âges ci-dessous.
Quelles indications donnent-t-elles sur la natalité de ces populations ?
Si l'on compare les sommets des quatre figures, **que peut-on en déduire ?**
Classez ces pyramides selon l'étape à laquelle elles se situent dans la transition démographique.

1	2	3	4
....	....	....	....

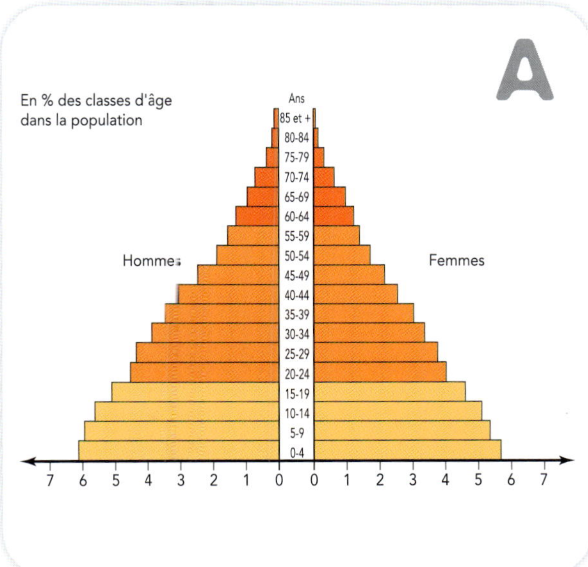

L'INDE

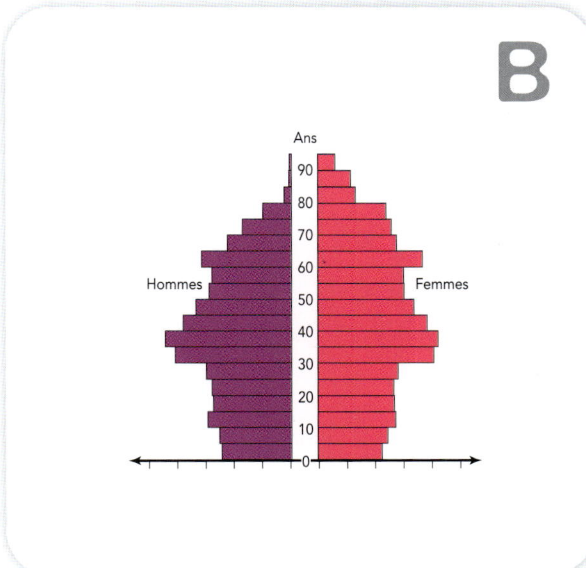

L'ALLEMAGNE

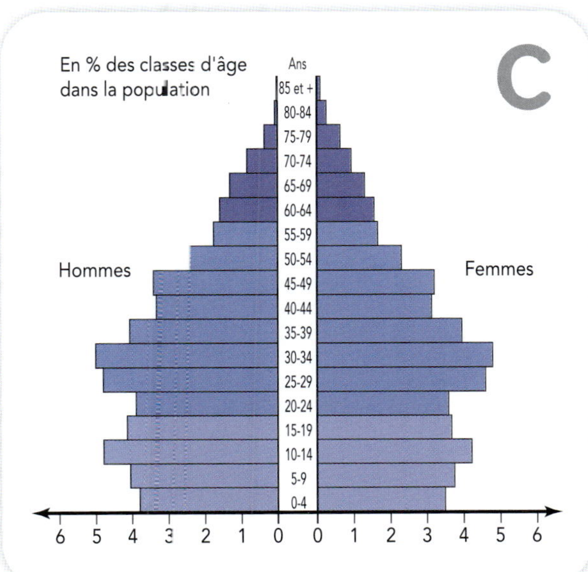

LA CHINE

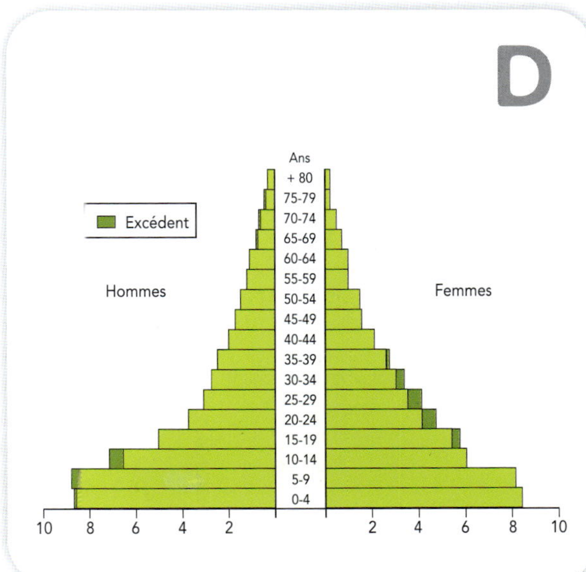

LE MALI

ANGES OU DÉMONS, LES FMN LES PLUS PUISSANTES

9

Voici quelques grandes firmes multinationales : **retrouvez** leur origine et leur secteur principal !

Firmes	Secteur	Origine
Total		
Vodafone		
Toyota Motor		
British Petroleum		
Royal Dutch Shell		
Ford Motor		
Exxon Mobil		
Wal-Mart		
BP		
General Motors		
Chevron		
DaimlerChrysler		
ConocoPhillips		
General Electric		
ING		
Citigroup		
AXA		
Allianz		
Volkswagen		
Crédit agricole		
Siemens		
Assicurazioni Generali		
Sinopec		
NTT		
Carrefour		
HSBC Holdings		

DU GATT À L'OMC 10

Complétez le texte à l'aide des propositions suivantes :

TRIPS • Genève • le groupe de Cairns • cycle de Doha • 23 • 2001 • Kennedy Round • Uruguay Round • bilatéraux • GATS • la réduction des subventions • Nations unies • Congrès des États-Unis • 2008 • Tokyo Round • l'ORD • mesures anti dumping • 152 • guerre froide • Annecy

À l'initiative des ...., les États occidentaux se réunissent à Genève pour commencer à négocier l'ouverture de leurs marchés respectifs : le GATT *(General Agreement on Tariffs and Trade)* est conclu entre .... États. Ils sont peu nombreux mais représentent 80 % du commerce mondial et contribuent à la consolidation du bloc occidental dans le cadre de la .... L'année suivante, la tentative de création d'une organisation internationale du commerce échoue, bloquée par le .... qui refuse de ratifier la charte de La Havane. La progression du GATT est désormais le fait de négociations (...) commerciales multilatérales successives, ce qui permet une évolution pragmatique au fil des concessions et ambitions des États. Huit cycles se succèdent entre 1947 et 1994 : Genève (1947), ... (1949), Torquay (1951), Genève (1956), Dillon Round (1960-1961). Ensuite, le .... (1964-1967) aboutit à l'adoption de .. .. tandis que le .... (1973-1976) réglemente le commerce des biens, des services (.... ou AGCS, Accord général sur le commerce des services) et les droits de la propriété intellectuelle (... ou ADPIC, Aspects des droits de propriété intellectuelle qui touchent au commerce). Enfin, l' .... (1986-1994), prévoit la création de l'OMC (1995, siège à ....) par les accords de Marrakech (...). La discrimination est proscrite entre pays membres et entre marchandises importées et nationales, le principe de la nation la plus favorisée est prôné. En cas de litige, c'est .... (Organe de règlement des différends) qui est sollicité. Au sein de l'OMC, les États se réunissent en fonction de leurs intérêts propres (ex : .... réunit les plus favorables au libre-échange), si bien que les négociations entamées lors du .... sur la libéralisation du commerce, ... et l'aide aux pays en développement sont considérablement ralenties. En ...., l'OMC compte .... membres dont la Chine depuis .... et deux tiers de PVD. Que ce soit entre le Nord et le Sud, émergeants compris, ou au sein de ces ensembles, les désaccords et affrontements sont fréquents si bien que les accords .... ou régionaux se multiplient.

SUPERPUISSANTS ? 11

Répondez par « Vrai » ou « Faux » aux affirmations suivantes :

1) Les États-Unis sont le 1er producteur mondial d'énergie nucléaire.

☐ Vrai ☐ Faux

2) Les États-Unis consacrent moins de 5 % de leur PIB à la R&D.

☐ Vrai ☐ Faux

3) Les États-Unis sont le 5e producteur mondial de pétrole.

☐ Vrai ☐ Faux

4) Les États-Unis représentent plus de la moitié des dépenses militaires mondiales.

☐ Vrai ☐ Faux

5) Les États-Unis représentent plus du quart du PIB mondial.

☐ Vrai ☐ Faux

6) Près de la moitié des 100 premières firmes mondiales sont états-uniennes.

☐ Vrai ☐ Faux

7) Les États-Unis s'étendent sur plus de 12 millions de km^2.

☐ Vrai ☐ Faux

8) Les États-Unis représentent le quart de la production agricole mondiale.

☐ Vrai ☐ Faux

9) Les États-Unis sont le 1er exportateur mondial de marchandises.

☐ Vrai ☐ Faux

10) La balance commerciale des États-Unis est excédentaire.

☐ Vrai ☐ Faux

11) Les États-Unis sont le 4e producteur mondial de gaz naturel.

☐ Vrai ☐ Faux

12) Un Américain sur 10 vit au-dessous du seuil de pauvreté.

☐ Vrai ☐ Faux

13) Les États-Unis ont une faible densité de population.

☐ Vrai ☐ Faux

14) 80 % des Américains sont des urbains.

☐ Vrai ☐ Faux

15) La Californie est la première région touristique du pays.

☐ Vrai ☐ Faux

LE DÉVELOPPEMENT DURABLE, ENJEU MONDIAL

12

Complétez la carte ci-dessous.
Citez les accidents industriels, **indiquez** les deux littoraux touchés par des marées noires historiques, **signalez** les pays où siègent les ONG importantes (Greenpeace, WWF...), **nommez** les forums présents sur la carte, **indiquez** les dates des grandes conférences des Nations unies sur l'environnement et **complétez** la légende grâce aux informations figurant sur la carte.

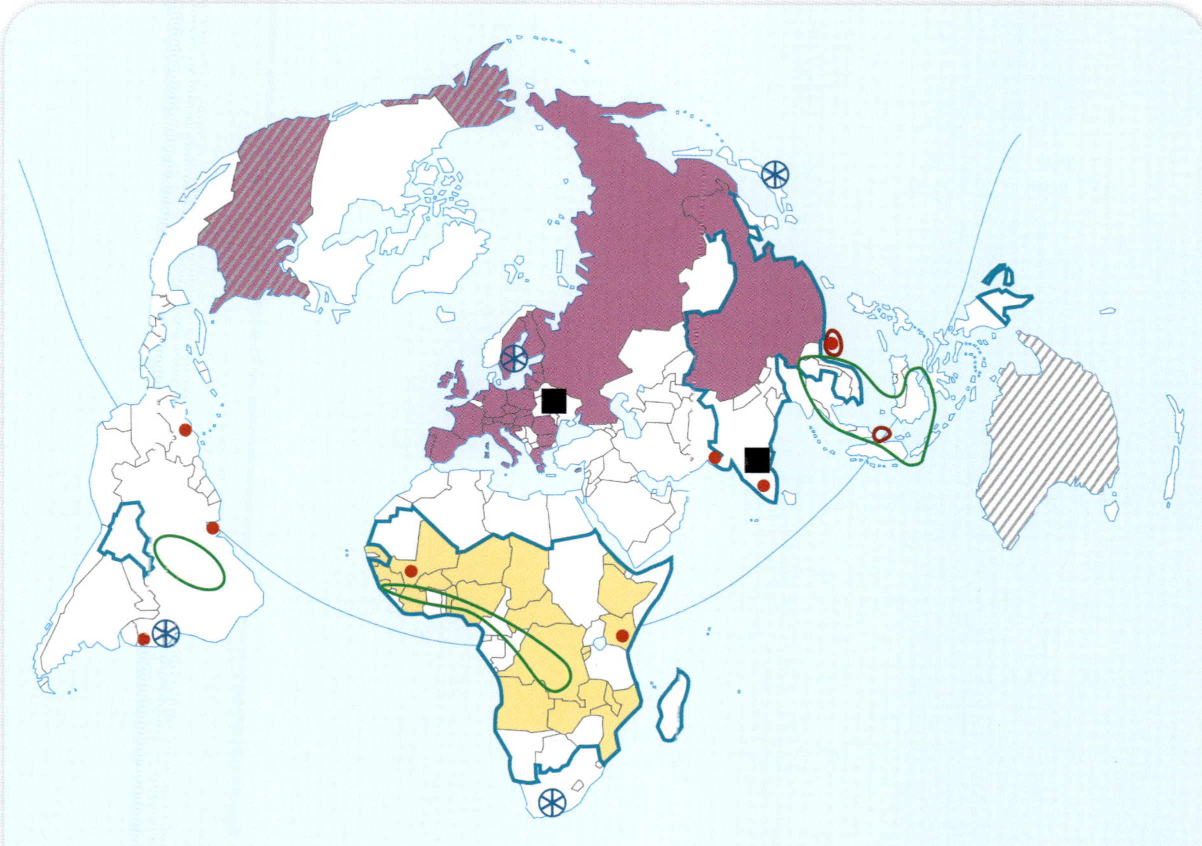

1. Un environnement menacé

- .... (aplat violet)
- .... (ellipse verte)
- Accidents industriels très graves
- Littoraux touchés par des marées noires

2. Un monde d'inégalités

- Limite Nord/Sud
- .... (aplat jaune)
- États dont l'IDH est > 0,9
- États où plus de 50 % de la population ne dispose pas d'installations sanitaires

3. Une prise de conscience et des tentatives de régulation

- Pays où siègent les ONG importantes
- Émergence d'une société civile mondiale : les forums sociaux mondiaux
- Grandes conférences des Nations unies sur l'environnement et le climat
- .... (hachures)

ANGLAIS

L'anglais en prépa – comme tout le monde vous le dira –, ce n'est pas du gâteau. Cependant, à y réfléchir, du moins au sens métaphorique, ça l'est quand même puisqu'il s'agit d'un mélange de plusieurs ingrédients, tous nécessaires à sa réussite : **du vocabulaire** – en particulier celui de la presse, des termes que vous n'avez sans doute jamais vus, comme *doomed, deemed* ou *dismayed*, mais aussi **des expressions** qui reviennent souvent ; **une grammaire irréprochable** – fini, les fautes telles que *the country which the president is M. Moon* ; du style – car il faut non seulement maîtriser l'anglais écrit pour réussir le thème mais aussi posséder un français parfait pour briller en **version**… Et, comme si cela ne suffisait pas, il ne faut surtout pas négliger sa **culture internationale** pour pouvoir défendre son point de vue dans **un essai** sur un sujet économique, politique ou social.

Alors, dès que vous aurez terminé les exercices de ce cahier, plongez vite le nez dans un journal comme l'*International Herald Tribune*, imprégnez-vous des idées des prix Nobel du journalisme, et enfin – car c'est la cerise sur ce gâteau – perfectionnez **votre prononciation** en écoutant la BBC pour ne pas perdre de points à l'oral avec des mots comme *economic, development* ou *event.*

AVEZ-VOUS UNE BONNE CULTURE AGRICOLE ?

1

Le vocabulaire ci-dessous est lié à l'agriculture. **Pouvez-vous associer les mots soulignés avec leurs définitions données en anglais ?**

humidity • basic food products • the top layer of earth where plants grow • dryness due to lack of rain • plants produced for food • what is gathered at the end of the growing season • hunger • substances used to improve plant growth • animals raised for food • a cereal plant used in making bread, pasta, etc.

1. the corn crop : ....
2. dampness in the air : ....
3. a catastrophic drought : ....
4. an optimum harvest (or yield) : ....
5. grain is needed for breeding livestock : ....
6. a crisis in staples : ....
7. to die of starvation : ....
8. the wheat crop : ....
9. a rich layer of soil : ....
10. the efficient use of fertilizers : ....

CRISE ALIMENTAIRE 2

Appelé d'urgence par son journal, notre reporter a oublié des mots dans son texte. **Saurez-vous les retrouver** grâce au vocabulaire ci-dessous et à quelques indices ?

account for	expliquer, représenter
bill	facture
climb	grimper
corn	maïs
deal with	traiter de
household	ménage
rise (rose, risen)	monter
require	exiger
riot	émeute
shortage, scarcity	pénurie
supply	offre
switch	changer, échanger
trigger	déclencher
unrest	agitation
whereas	alors que
worsen	empirer

In recent months, the newspapers .... extensively with the food crisis. Indeed, there is a .... of food in the world. In other words, ... does not meet demand. One result of this is that Nigerian .... spend 73% of their budgets to eat, ... even the poorest American families spend only 16%. Food prices went up 50-100% in Haiti and resulted in food .... Last year, the food import (facture) .... of developing countries .... to levels not seen in a generation. These increases have (déclencher) .... (agitation) .... in many parts of the world. In addition, the growth of the middle classes in Asia and India has increased the demand for meat, which .... large amounts of grain. Furthermore, the situation .... because of the production of biofuels. (Maïs) ....ethanol production .... at least half the rise in world corn demand in the last three years. The rise in demand sent up prices and many farmers (changer) .... their fields to corn because it was more lucrative. At the same time, the use of corn for biofuels caused a .... of food in other parts of the world.

LANGUE DE... PRESSE ! 3

Répondez au QCM suivant. Si vous reconnaissez les mots clés, dans la plupart des cas vous pourrez deviner le sens de ces expressions que vous risquez de croiser à l'avenir...

1) The expression "the odds were against us" means:
☐ a) we had many enemies. ☐ b) we were out of luck. ☐ c) there was a terrible wind.

2) Someone who "keeps to the straight and narrow" is:
☐ a) honest and moral. ☐ b) dishonest and immoral. ☐ c) politically in the center.

3) "Beggar thy neighbour" refers to economic policies in which one country benefits…
☐ a) another. ☐ b) at the expense of another. ☐ c) thanks to the help of another.

4) If you "play into someone's hands" you:
☐ a) do what they're expecting. ☐ b) increase your power over them. ☐ c) deal with them fairly.

5) When you "let bygones be bygones", you:
☐ a) repress important events. ☐ b) forget and forgive. ☐ c) need to be reminded who your friends are.

6) Someone who "rides with the tide"
☐ a) goes along with the majority. ☐ b) is waiting for things to change. ☐ c) remains calm during the storm.

7) When prices "go through the ceiling", they
☐ a) plunge. ☐ b) rise very fast. ☐ c) tumble.

8) When you "turn a deaf ear" to something, you
☐ a) try hard to understand it. ☐ b) simply don't hear it. ☐ c) purposely ignore it.

9) Something which is "neither here nor there" is
☐ a) irrelevant. ☐ b) confusing. ☐ c) false.

10) If you have trouble "making ends meet" you
☐ a) are having money problems. ☐ b) can't support your argument. ☐ c) can't resist temptation.

11) A "kangaroo court"
☐ a) is an illegal court for judging people. ☐ b) protects animals. ☐ c) is a legal, but temporary court.

12) "That's a fine kettle of fish" means
☐ a) it looks delicious. ☐ b) it looks interesting. ☐ c) it's a big problem.

13) A politician who appeals to the "grass roots" is one who
☐ a) is liked by the masses. ☐ b) has the support of the agricultural sector.
☐ c) has been elected by the landed gentry.

14) If you're caught "between a rock and a hard place", you have to
☐ a) choose between unpleasant alternatives. ☐ b) sink or swim. ☐ c) save your soul.

15) When you "get to grips" with a problem, you
☐ a) feel overcome by it. ☐ b) take control and try to solve it.
☐ c) get discouraged and possibly abandon it.

LA CRISE… DE NERFS ? 4

Retrouvez, dans ce mots mêlés (*word search*), les mots listés ci-dessous en rapport avec différentes sortes de crises.

H	M	A	C	O	L	L	A	P	S	E	S	I
A	I	M	E	S	E	V	I	L	C	S	E	C
P	S	Y	C	H	V	I	S	U	A	D	I	O
P	H	O	N	E	E	S	U	N	N	I	O	N
H	A	P	P	E	N	I	N	G	D	S	C	S
E	P	C	O	A	T	T	R	E	A	A	R	C
N	L	O	S	S	U	I	T	E	L	S	I	A
O	I	N	C	H	B	L	O	W	E	T	S	L
M	I	S	F	O	R	T	U	N	E	E	I	A
E	M	E	R	G	E	N	C	Y	S	R	S	M
N	I	Q	I	C	A	S	U	A	L	T	Y	I
O	S	U	E	B	K	E	A	W	I	N	G	T
N	T	E	N	A	D	V	E	R	S	I	T	Y
T	A	N	D	N	O	M	I	N	A	L	L	Y
O	K	C	L	E	W	T	R	O	U	B	L	E
O	E	E	Y	I	N	C	I	D	E	N	T	S

event
incident
phenomenon
happening
emergency
casualty

consequence
breakdown
mistake
trouble
plunge
collapse

disaster
evil
blow
calamity
bane
mishap

misfortune
adversity
loss
scandal

FORT EN GRAMMAIRE ? 5

Une faute courante se trouve dans chacune de ces phrases, **pourrez-vous la corriger** ?

1) Paul used to play chess, but he doesn't any more play.

2) I know a boy which father won a chess tournament.

3) Young people must avoid to get mixed up in drugs.

4) Since last June, my brother's working in a bar.

5) I wish I learned to speak Italian when I was younger.

6) You don't have to be impolite to Grandpa – he's very sensitive!

7) Every people need encouragement.

8) If I would have done more exercises, I would have got better marks.

9) I don't think I did very well. I must have studied harder.

10) Ms Daly says I've made many progresses in English this year!

11) That's amazing, because I've had few time to work.

12) Put on your coat, it begins to be cold!

13) My father wanted that I study science, but I prefer law.

14) Most of people don't mind children playing in the street.

15) This exercise book allows to catch up on all subjects.

16) In order to preserve the environment, we must protect the nature.

17) I don't very well know the geography of the US. Do you?

18) I don't know what is the answer. Do you?

19) When Alice and Bob got married, they had only known themselves for two months.

20) It's obvious that the more successful you are the more happier you are.

CE N'EST QU'UNE EXPRESSION 6

Au cas où vous seriez tenté(e) de prendre à la lettre un(e) Anglais(e), voici quelques expressions qu'il (elle) pourrait utiliser et qui ressemblent aux nôtres, mais avec une toute petite différence… culturelle. **Fléchez ces expressions** dans le sens anglais français.

1 have your cake & eat it too ○	○ panier de crabes
2 eyes closed ○	○ pour moi c'est du chinois
3 let the cat out of the bag ○	○ travailler comme une bête
4 it's Greek to me ○	○ (ça coûte) la peau des fesses
5 nothing to write home about ○	○ à côté de ses pompes
6 rat race ○	○ avoir le beurre et l'argent du beurre
7 work like a dog ○	○ pleuvoir des cordes
8 speaking of the devil ○	○ quand on parle du loup
9 bend over backwards ○	○ vendre la mèche
10 completely out of it ○	○ les doigts dans le nez
11 it's a piece of cake ○	○ c'est pas le Pérou
12 an arm & a leg ○	○ c'est du gâteau
13 raining cats and dogs ○	○ se mettre en quatre

CONNAISSEZ-VOUS CES PROVERBES ?

7

Complétez les petites scènes ci-dessous grâce aux proverbes qui vous sont proposés :

- **Money doesn't grow on trees**
- **Better late than never**
- **Nothing ventured, nothing gained**
- **A bird in the hand is worth two in the bush**
- **Don't put all your eggs in one basket**

1

Student Here's my homework. I'm sorry I couldn't do it for Friday, but I had to…
I was… I mean my mother was… my grandfather…
Teacher (smiling) Don't worry!
……………………………………………

2

Larry But Dad, I don't want to go to business school, I want to be an opera singer!
Father I know Larry, but music is a highly competitive field and you have to be the best of the best! First get your diploma from a business school, then you can do what you want, but
……………………………………………
……………………………………………

3

George It sounds like a great job Alex, but it'll take me an hour and a half to get there, an hour and a half back–that's three hours of commuting a day!
Alex It is, I agree–but you may not get another offer for a long time, so…
George You mean to ……………………………………………
…………………………………………… ?
Alex Considering the current situation, exactly.

4

Sally (admiringly) It's a beautiful portrait Dan. You should do more of them.
Dan I'd love to, but I don't know how to find clients…
Sally Just make a website and get people to send you a photograph.
Dan (questioningly) a photograph…? do you think…?
Sally You can at least try–after all …………
……………………………………………

5

Julie Mom, can you spare 10 euros? I'm going to the Cineclub with Debbie tonight.
Mom What? Out again? You've already been to the Cineclub twice this week!
Julie But there's another good film tonight!
Mom Ok, but 10 euros three times a week,
…………………………………………… !

ATTENTION ! FAUX AMIS ! 8

Attention la jeunesse ! Quand on manque d'expérience, il arrive que l'on ne reconnaisse pas les faux amis ! Dans chacune des phrases ci-dessous, se trouve un mot qui pourrait vous causer des ennuis. **Traduisez ces phrases** dans un sens ou dans l'autre, en faisant t-r-è-s attention !

1) They resumed the meeting after an hour's break.

2) Nous sommes actuellement en période de crise.

3) Actually, the test was quite easy. I think I passed it.

4) Nous n'avons pas encore trouvé une location pour les vacances.

5) I'm sorry, but you haven't answered the question properly.

6) C'est vrai qu'ils viennent aujourd'hui ? Je l'ignorais.

7) The municipality spent quite a lot of money on sports facilities.

8) À mon avis, cet argument n'est pas valable.

9) We are all concerned about the drugs issue.

10) Il faut prendre des mesures pour aider ceux qui vivent dans la misère.

11) Doctors and environmentalists agree that pollution is a health hazard.

12) On s'attend toujours à ce qu'une femme soit compréhensive.

13) Due to the crisis, many families are currently in debt.

14) Il faut répondre dans un délai de quinze jours.

15) One day, a very large box with a dog inside was delivered to our home!

FORT EN ANTONYMES 9

Il est toujours utile de savoir naviguer entre des idées opposées. **Utilisez les mots ci-dessous** pour rendre négative une phrase positive ou vice versa. **Complétez les autres phrases** avec l'idée opposée.

enhance • dread • deny • weaken • worsen • reveal • loosen • shrink • marginal • further

1. Children are allowed ◂ ▸ .... access to certain films.
2. The law would strengthen ◂ ▸ .... the unions.
3. Such measures will hinder ◂ ▸ .... solidarity.
4. The report will undermine ◂ ▸ .... the committee's reputation.
5. Some people enjoy going to thrillers, others ◂ ▸ .... it.
6. Banks either tighten or ◂ ▸ .... credit.
7. Conditions have improved ◂ ▸ .... in the last two years.
8. A healtly economy expands, but an unhealtly one ◂ ▸ ....
9. The press immediately concealed ◂ ▸ .... the scandal.
10. The discovery has had tremendous ◂ ▸ .... impact.

WHAT'S YOUR TEMPERAMENT? 10

Retrouvez dans ces mots mêlés tous les adjectifs indiqués ci-dessous se rapportant au caractère.

B	I	D	L	E	S	E	N	S	I	T	I	V	E	S
E	N	T	H	U	S	I	A	S	T	I	C	E	F	T
D	I	S	S	K	I	L	F	U	L	L	A	R	F	E
G	S	E	R	E	N	E	I	D	E	A	L	A	E	M
Y	T	I	M	P	E	T	U	O	U	S	M	V	R	P
U	G	L	Y	P	R	O	V	O	C	A	T	I	V	E
F	O	R	G	I	V	I	N	G	O	U	T	N	E	S
F	O	O	F	O	O	L	I	S	H	P	I	G	S	T
L	I	U	L	L	U	C	L	E	V	E	R	S	C	U
I	M	P	U	L	S	I	V	E	A	R	T	E	E	O
S	P	A	S	S	I	O	N	A	T	E	O	E	N	U
H	A	S	T	Y	M	O	O	D	Y	N	L	T	T	S
Y	T	S	E	X	C	I	T	A	B	L	E	H	I	C
T	I	R	R	I	T	A	B	L	E	I	R	I	N	A
R	E	S	E	N	T	F	U	L	L	A	A	N	G	R
I	N	E	D	S	P	A	R	K	L	I	N	G	S	Y
S	T	O	I	C	A	L	S	H	U	R	T	I	N	G

excitable	edgy	moody	irritable
calm	seething	enthusiastic	idle
impetuous	raving	passionate	flustered
impatient	hurt	stoical	foolish
tolerant	nervous	shy	resentful
sparkling	skilfull	serene	forgiving
tempestuous	clever	impulsive	sensitive
effervescent	hasty	provocative	

Deux adjectifs, qui ne sont pas liés au caractère, se sont glissés dans cette grille. Pourrez-vous les retrouver ?

EST-CE LA BONNE VERSION DE L'HISTOIRE ?

11

Voici un test pour vérifier votre capacité à éviter les contresens… Nous avons extrait de la presse anglaise quelques phrases (1 à 6) ou titres (7 à 10). **Cochez la case « VRAI »** si la phrase en gras **(b)** résume correctement le sens de la phrase initiale **(a)**.

1) a. The British government tightened its grip on yet another ailing bank Saturday.
b. The British government severely punished another bankrupt bank. ☐ VRAI ☐ FAUX

2) a. People who have borrowed prudently and lived within their means are livid that they are being asked to bail out neighbours who splurged on McMansions and giant televisions.
b. People who have been careful with their money feel sorry for their neighbors who lost money on big houses and televisions. ☐ VRAI ☐ FAUX

3) a. But above all, people are angry that Mr Obama led them down the garden path. Bipartisanship? He is proposing one of the most liberal budgets in decades… Honesty? The finance, property and insurance industries (all getting huge bail-outs) were the largest source of campaign contributions to Mr Obama after lawyers.
b. In some areas, people feel that Obama is betraying them. ☐ VRAI ☐ FAUX

4) a. Factors which have often been described as the weak spots of India–a state-dominated financial system virtually unconnected to foreign markets; sluggish export growth because of bureaucracy and shoddy infrastructure…–have suddenly become some of its biggest strengths.
b. Thanks to India's unforeseen growth and rigid regulatory structure, the country seems to be resisting the crisis. ☐ VRAI ☐ FAUX

5) a. Dustbins generally provide a more honest account of their owners' behaviour than do the owners themselves.
b. The information you get about people from looking in their trashcans is often more accurate than what they say about themselves. ☐ VRAI ☐ FAUX

6) a. Many have hailed the changes as a "mini revolution" and proof that the king was at last willing to tame the hard-line religious establishment in the country.
b. Many people regret the changes, which show that in the end, the king supports the religious establishment. ☐ VRAI ☐ FAUX

7) a. Credit Crunch Squeezing Small Businesses
b. Competition for loans is tough on small companies. ☐ VRAI ☐ FAUX

8) a. What CEOs Got Away With in 2008
b. Central European Organizations and their losses in 2008. ☐ VRAI ☐ FAUX

9) a. Obama Ponders Outreach to Elements of the Taliban
b. Obama is thinking of engaging relations with some of the Taliban. ☐ VRAI ☐ FAUX

10) a. Confessions of a Pundit
b. A madman admits his errors. ☐ VRAI ☐ FAUX

OVER & OVER AGAIN 12

Des centaines de mots commencent par *over*. **Replacez** les 8 propositions suivantes dans le texte.

overburdened • overcome • overwhelmed • oversees • overbalanced • overcharged • overheard • overall

I decided to go to the concert even though in my opinion they .... for tickets, but in the end I'm glad I did. It was a very moving performance of Handel's Messiah, a real masterpiece, and the audience was completely .... by it. During the intermission, I .... someone say it was the best performance he'd ever attended. One of the musicians, a friend of mine who is a violinist, told me that the conductor had a rather short temper, but that fortunately, it was .... by his .... good and generous nature. Although our municipality is poor (though not .... by debt, like some others), they manage to attract good orchestras and theatre troops. It's miraculous the way they .... financial difficulties and we're all very grateful. It's my uncle Ben, an accountant, who .... their finances and I admit, he does a good job.

FRANÇAIS / ANGLAIS 13

Ce paragraphe teste votre capacité à traduire des statistiques françaises en statistiques anglaises, passage obligé en prépa HEC.

La Chine illustre à l'extrême les problèmes auxquels les pays qui connaissent une transition démographique rapide seront confrontés dans les décennies à venir. D'après des estimations récentes, la population chinoise devrait atteindre 1,6 milliard d'habitants en 2040, contre 1,2 milliard en 1995. Ensuite, elle devrait retomber en dessous de 1,4 milliard aux environs de 2100. Ces fluctuations touchent 20 % de la population mondiale et soulèvent de graves problèmes sur les plans de l'alimentation, de l'emploi, de l'urbanisation et du vieillissement de la population.

....

....

....

....

....

....

ANGLAIS / FRANÇAIS 14

Voici un texte **à lire et à traduire** qui, en supplément, vous donnera à réfléchir. Il est extrait de *Significant Moments in the Life of my Mother*, une nouvelle autobiographique de l'écrivain canadien Margaret Atwood.

"In my next incarnation," my mother said once, "I'm going to be an archeologist and go around digging things up." We were sitting on the bed that had once been my brother's, then mine, then my sister's; we were sorting out things from one of the trunks, deciding what could now be given away or thrown out. My mother believes that what you save from the past is mostly a matter of choice.

At the same time something wasn't right in the family ; someone wasn't happy. My mother was angry. [...]

This statement of hers startled me. It was the first time I'd ever heard my mother say that she might have wanted to be something other than what she was. I must have been thirty-five at the time, but it was still shocking and slightly offensive to me to learn that my mother might not have been totally contented fulfilling the role in which fate had cast her: that of being my mother. What thumb-suckers we all are, I thought, when it comes to mothers.

MATHÉMATIQUES

La brièveté de la formation en classe préparatoire (13 à 14 mois) exige un rythme de travail et des méthodes auxquels vous n'êtes pas habitué, mais aussi un bon niveau de départ. Vous devez donc bien maîtriser le programme de mathématiques du lycée (option maths expertes) qui va être développé en classe préparatoire : suites arithmétiques et géométriques (connaître les formules par cœur) – fonctions numériques (polynomiales, rationnelles, logarithme népérien, exponentielle ; plan d'étude, primitives et intégrales) – dénombrements – probabilités et statistiques.

Il est également nécessaire d'acquérir plus d'aisance dans votre recherche et votre exposé scientifiques, de savoir élaborer une véritable méthode, de faire des choix, de fournir une argumentation solide : exacte, complète, structurée et exposée avec clarté.

Vous devez donc faire preuve, en classe, d'un véritable effort d'attention et de compréhension, et reprendre le soir même l'ensemble du cours et des exercices. Des révisions fréquentes pour le mémoriser sont indispensables. En effet, le cours et les méthodes des exercices types doivent être connus par cœur pour gagner en précision, rigueur et rapidité pendant les concours. Vous pouvez également réviser en groupe, de temps en temps, pour vérifier vos acquis.

Surtout ne vous découragez pas au vu des premières notes ! L'important sera votre niveau au moment des concours et un travail régulier permet à chacun de progresser.

Les exercices suivants vont vous aider à déceler vos points forts et vos faiblesses (points du cours à revoir) avant la rentrée. Nous vous indiquons, dans les pages de corrigés, des niveaux de difficulté pour vous permettre de vous évaluer : * facile ; ** moyen ; *** difficile.

Bonne évaluation !

PETITES QUESTIONS SUR LES SUITES 1

1) Une suite monotone est toujours convergente : ☐ **VRAI** ☐ **FAUX** ?

2) **a)** La suite $(-1)^n$ est-elle convergente ?

b) Même question pour la suite $\frac{(-1)^n}{n}$.

3) Quelles sont les limites, si elles existent, des suites :

$$u_n = n\ln\left(1+\frac{1}{n}\right)$$

$$v_n = n\left(e^{\frac{1}{n}}-1\right)$$

$$w_n = \left(1+\frac{1}{n}\right)^n$$

4) La suite définie par $u_0 = e$ et $\forall\, n \in \mathbb{N}$, $\ln(u_{n+1}) - \ln(u_n) = 1$ est une suite arithmétique ? géométrique ?

5) On a $\forall\, k \in [\![1,n]\!]$, $\lim\limits_{n\to+\infty} \frac{1}{\sqrt{n^2+k}} = 0$.

En est-il de même pour la suite $u_n = \sum\limits_{k=1}^{n} \frac{1}{\sqrt{n^2+k}}$?

Si non, trouver la limite de u_n.

UNE SUITE COCKTAIL 2

Soit la suite $(u_n)n \in \mathbb{N}$ définie par : $\forall\, n \in \mathbb{N}, u_n = \frac{n}{e} + e^{-n}$.

1) Montrez que la suite $(v_n)n \in \mathbb{N}$ définie par $v_n = \frac{n}{e}$ est une suite arithmétique dont on précisera le premier terme v_0 et la raison r.

2) Montrez que la suite $(\omega_n)n \in \mathbb{N}$ définie par $\omega_n = e^{-n}$ est une suite géométrique dont on précisera le premier terme et la ω_0 et la raison q.

3) Calculez les sommes :

$$S_1 = \sum_{k=0}^{n} v_k \text{ et } S_2 = \sum_{k=0}^{n} \omega_k .$$

En déduire $S = \sum\limits_{k=0}^{n} u_k$.

S a-t-elle une limite quand n tend vers $+\infty$?

DES POPULATIONS EN CROISSANCE EXPONENTIELLE 3

Le 1er janvier 2009, une ville A compte 200 000 habitants.

À la même date, une ville B compte 150 000 habitants. On a constaté que la population de la ville A diminue de 3 % par an et que celle de la ville B augmente de 5 % par an. On suppose que les croissances et les diminutions se poursuivent à ce rythme.

Pour tout entier naturel n, on désigne par a_n la population de la ville A le 1er janvier de l'année (2009 + n) et par b_n la population de la ville B à la même date.

1) Montrez que les suites (a_n) et (b_n) sont des suites géométriques dont on précisera les premiers termes et les raisons.

2) Le 1er janvier de quelle année la population de la ville B dépassera-t-elle pour la première fois la population de la ville A ?

UNE SUITE ARITHMÉTIQUE-GÉOMÉTRIQUE

Soit la suite (u_n) $n \in \mathbb{N}$ définie par son premier terme u_0 et la relation :

$\forall\, n \in \mathbb{N}, u_{n+1} = 4u_n + 3$

1) Montrez par récurrence sur n que, lorsque $u_0 = -1$, la suite (u_n) est constante.

2) On suppose désormais $u_0 \neq -1$.

a) Déterminer le réel α tel que la suite définie pour tout entier n par $v_n = u_n - \alpha$ soit une suite géométrique dont on précisera le premier terme et la raison.

b) Calculez u_n en fonction de u_0 et n.

c) Calculez $\sum_{k=0}^{n} u_k$ en fonction de u_0 et n.

DEUX SUITES ADJACENTES 5

Soit a et b deux nombres réels vérifiant : $0 < a < b$.

On définit deux suites (u_n) et (v_n) par $u_0 = a$,

$v_0 = b$ et pour tout entier naturel n,

$$u_{n+1} = \frac{2u_n v_n}{u_n + v_n} \text{ et } v_{n+1} = \frac{u_n + v_n}{2}$$

1) Démontrez que : $\forall n \in \mathbb{N}, u_n < v_n$.

2) Démontrez que la suite (u_n) est croissante et que la suite (v_n) est décroissante.

3) Démontrez que : $\forall n \in \mathbb{N}, v_{n+1} - u_{n+1} < \frac{1}{2}(v_n - u_n)$.

4) Déduisez ces questions précédentes que les deux suites sont convergentes et calculez leur limite.

LE THÉORÈME DE LA BIJECTION 6

On considère la fonction f définie sur $]0, +\infty[$ par la relation :

$f(x) = x + \ln x$.

1) Prouvez que f est une bijection strictement croissante de $]0, +\infty[$ sur $\mathbb{R}$.
On désigne par g la fonction réciproque de f.

2) Pour tout nombre entier naturel non nul n, soit x_n l'unique solution de l'équation : $x + \ln x = n$.
Calculez x_1. Étudiez la monotonie et la convergence de la suite (x_n).

3) Étudiez le signe de $f(n) - n$. En déduire que $x_n \leqslant n$. Par une méthode analogue, montrez que : $n - \ln n \leqslant x_n$.

4) On écrit x_n sous la forme $n(1 + a_n)$.
Prouvez que la suite (a_n) converge vers 0. Explicitez la relation satisfaite par a_n ;
en déduire que $na_n + \ln n$ tend vers 0.

LA REPRODUCTION DES ABEILLES 7

Chez les abeilles, les mâles viennent d'un œuf non fécondé alors que les femelles viennent d'un œuf fécondé par un faux-bourdon. On peut donc dire qu'une femelle a un père et une mère alors qu'un mâle n'a qu'une mère. On se propose de **déterminer le nombre** d'aïeux d'un mâle de la n-ième génération.

1) On peut représenter les différentes générations d'aïeux d'un mâle de la façon suivante :

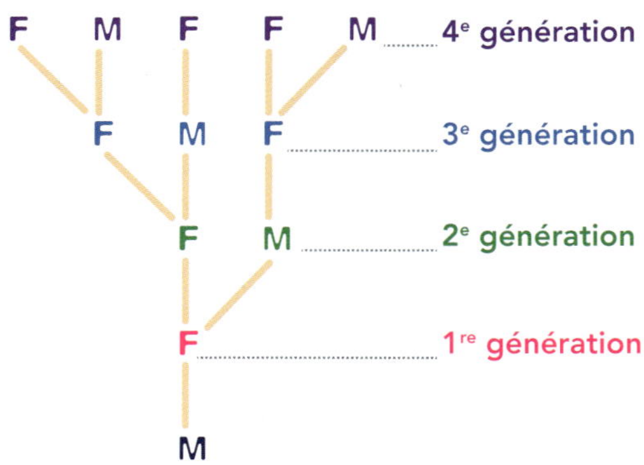

Complétez le tableau jusqu'à la 6e génération.

2) Pour tout $n \in \mathbb{N}$, on note u_n le nombre d'aïeux de la n-ième génération.
On a donc $u_0 = 1$, $u_1 = 1$ et $u_2 = 2$.

Montrez que $\forall\, n \in \mathbb{N}$, $u_{n+2} = u_{n+1} + u_n$.

Cette suite (u_n) est une suite particulière appelée suite de Fibonacci.

3) **a)** Résolvez l'équation : $x^2 = x + 1$.

b) Démontrez par récurrence que pour tout entier naturel n, on a :

$$u_n = \frac{5+\sqrt{5}}{10}\left(\frac{1+\sqrt{5}}{2}\right)^n + \frac{5-\sqrt{5}}{10}\left(\frac{1+\sqrt{5}}{2}\right)^n$$

LES COEFFICIENTS DU TRINÔME 8

Déterminez le trinôme du second degré, P, dont 0 et 1 sont racines et qui vérifie $P'(1) = -1$.

UNE FONCTION RATIONNELLE 9

On considère la fonction numérique f définie par :

pour tout réel x strictement supérieur à 1, $f(x) = \dfrac{x^2 - 7x + 10}{x - 1}$

1) Montrez l'existence de trois réels a, b et c tels que :

pour tout réel x strictement supérieur à 1, $f(x) = ax + b + \dfrac{c}{x-1}$

2) Étudiez f et tracez sa courbe représentative $(\mathscr{C})$ dans un repère orthonormé (unité : 1 cm).

3) Déterminez l'équation de la tangente (T) à cette courbe au point d'abscisse 2.

4) Calculez l'aire comprise entre la courbe $(\mathscr{C})$, la droite (T) et les droites d'équations respectives $x = 2$ et $x = \alpha$ (où α désigne un réel compris entre 2 et 5).

Déterminez la valeur de α pour laquelle cette aire est égale à 4 cm^2.

QCM 10

Soit I un intervalle ouvert de $\mathbb{R}$ et f une fonction définie et dérivable à l'ordre 2 au moins sur I lorsque : $\forall x \in I, f''(x) > 0$

A ☐ f est croissante.

B ☐ la partie du plan située au-dessus de la courbe représentative de f est convexe.

C ☐ f est strictement positive.

DES CALCULS ÉLÉMENTAIRES D'INTÉGRALES 11

Calculez les intégrales suivantes :

1. $\int_0^1 \frac{3x+3}{x^2+2x+5}dx$
2. $\int_0^1 \frac{t+1}{(t^2+2t+2)^2}dt$
3. $\int_0^1 xe^{x^2}dx$
4. $\int_e^{e^2} \frac{dx}{x\ln x}$

VRAI OU FAUX SUR L'INTÉGRATION 12

Les propositions suivantes sont-elles vraies ou fausses ?

1) Si $f'(x) = g'(x)$ sur un intervalle I alors f et g sont des primitives sur I d'une même fonction.

2) Soit f et g définies sur $[0, +\infty[$ par $f(x) = -\frac{1}{x+1}$ et $g(x) = \frac{2x+1}{x+1}$, f et g sont des primitives d'une même fonction.

3) Soit une fonction continue sur $[a, b]$

si $\int_a^b f(x)dx = 0$ alors $f = 0$ sur $[a, b]$.

4) $\int_0^x 2dt = 2x$ pour tout x réel.

5) $\int_0^1 3x^2dx = 3$

6) La valeur moyenne de $x \mapsto \frac{1}{x}$ sur $[2, 4]$ est $\ln\sqrt{2}$.

7) Soit une fonction dérivable sur $\mathbb{R}$ avec f' continue sur $\mathbb{R}$ et $F(x) = \int_1^x f(t)dt$

alors $F'(x) = \int_1^x f'(t)dt$.

SINGULIER CALCUL D'INTÉGRALES 13

Soit les fonctions f et g définies sur $\mathbb{R}$ par $f(x) = \frac{e^{2x}+2e^x}{e^x+1}$ et $g(x) = \frac{2e^x+1}{e^x+1}$

soit $\mathrm{I} = \int_0^{\ln 3} f(x)dx$ et $\mathrm{J} = \int_0^{\ln 3} g(x)dx$.

1) Démontrez que pour tout x de $\mathbb{R}$ $f(x) + g(x) = e^x + 1 + \frac{2e^x}{e^x+1}$.

2) Calculez $\mathrm{I} + \mathrm{J}$ et $\mathrm{I} - \mathrm{J}$ puis déduisez-en I et J.

INÉGALITÉS DE LA MOYENNE 14

On considère la fonction f définie par : $f(x) = 3\ln(x^2 - 2x + 3)$

1) Justifiez que f est définie sur $\mathbb{R}$.

2) Calculez $f'(x)$ et déterminez son signe.

3) Donnez le tableau de variations de f sur $[0, 3]$.

4) Donnez, sans calculer cette intégrale, un encadrement de $\int_0^3 f(x)dx$.

UNE SUITE D'INTÉGRALES ET LES GENDARMES 15

Pour tout entier $n \geqslant 1$ on pose : $\mathrm{I}n = \int_0^1 \frac{x^n}{1+x^2}dx$

1) Calculez I_1.

2) Démontrez que pour tout entier $n \geq 1, 0 \leq \mathrm{I}n \leq \frac{1}{n+1}$.

3) Étudiez la convergence de la suite $(\mathrm{I}_n)n \geq 1$.

LOGARITHME ET INVERSE 16

1) Montrez que pour tout $n \in \mathbb{N}^*$

$$\frac{1}{n+1} \leq \int_n^{n+1} \frac{dt}{t} \leq \frac{1}{n}.$$

2) En déduire que :

$$\ln n \leq 1 + \frac{1}{2} + \cdots + \frac{1}{n} < 1 + \ln n.$$

3) Que peut-on dire de la suite (u_n) définie par :

$$u_n = 1 + \frac{1}{2} + \cdots + \frac{1}{n}$$

DRAPEAUX 17

On veut dessiner un drapeau de 6 cases 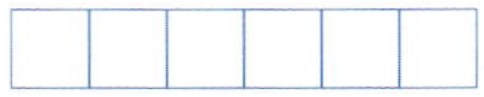 avec les 4 couleurs :

B (bleu), R (rouge), V (vert) et J (jaune).

Les 6 cases doivent être coloriées et 2 cases voisines ne peuvent pas avoir la même couleur.
Les phrases suivantes sont-elles vraies ou fausses ? Bien justifier les réponses.

1) Il y a 9 façons de finir ce drapeau.

2) Il y a 27 façons de finir ce drapeau.

3) Il y a 27 façons de finir ce drapeau.

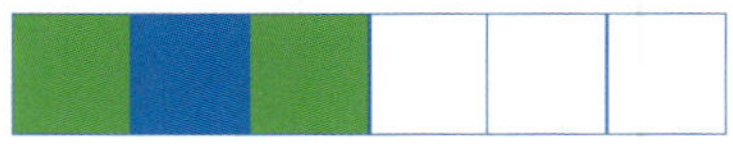

4) Il y a $\binom{4}{2}$ façons de dessiner un drapeau avec uniquement 2 couleurs.

5) Il y a 4×3^5 façons de dessiner un drapeau.

PLEUVRA-T-IL ? 18

En tel pays, le temps est couvert un jour sur trois, et le ciel est bleu les deux autres jours.
Lorsque le temps est couvert, il y a 25 % de chance qu'il ne pleuve pas, et sinon il pleut la journée entière.
J'arrive dans ce pays de manière impromptue.
La probabilité qu'il pleuve ce jour-là est de :

- ☐ a) $\frac{1}{4}$?
- ☐ b) $\frac{1}{2}$?
- ☐ c) $\frac{3}{4}$?

N'OUBLIEZ PAS LE CODE 19

Le code antivol d'un autoradio est un nombre de quatre chiffres, chaque chiffre pouvant prendre l'une des dix valeurs : 0, 1, …, 9.

1) **a)** Quel est le nombre de codes possibles ?

b) Quel est le nombre de codes formés de quatre chiffres distincts deux à deux ?

2) Après une coupure d'alimentation électrique, le propriétaire doit réintroduire le code pour pouvoir utiliser son autoradio.

Il sait que les quatre chiffres de son code sont 1, 9, 9 et 5 mais il a oublié l'ordre de ces chiffres.

a) Combien de codes différents peut-il composer avec ces 4 chiffres ?

b) Si le premier code introduit n'est pas le bon, le propriétaire doit attendre 2 minutes avant de pouvoir tenter un second essai ; le délai d'attente entre le deuxième et le troisième essai est de 4 minutes, entre le troisième et le quatrième essai, il est de 8 minutes… (Le délai d'attente double entre deux essais successifs.)

Combien de codes le propriétaire peut-il introduire au maximum en 24 heures ?

UNE CHANCE AU TIRAGE… 20

Une urne contient 1 boule bleue, 1 jaune, 1 rouge et 2 vertes.

En effectuant trois prélèvements successifs d'une boule, sans remettre celle-ci dans l'urne, quelle est la probabilité d'obtenir une bleue, puis une jaune, puis une rouge ?

CULTURE GÉNÉRALE

1. Qui est qui ?

De gauche à droite et de haut en bas : Nietzsche, Pascal, Freud, Rousseau, Marx, Descartes, Platon, Sartre, Kant, Hegel, Voltaire, Lévi-Strauss.

2. La chapelle des philosophes

Pyrrhon était sceptique, **Marx** matérialiste et déterministe, **Descartes** rationaliste, **Sartre** existentialiste, **Hegel** idéaliste et rationaliste, **Lévi-Strauss** structuraliste, **Protagoras** relativiste, **Locke** libéral et empiriste, **Hume** libéral et empiriste, **Épicure** matérialiste.

3. Les paires de concepts

Absolu et relatif. L'absolu est ce qui ne dépend de rien d'autre que soi, qui est sans condition, sans limite. Le relatif est ce qui est en relation avec autre chose, ce qui dépend d'autre chose, qui découle de certaines conditions.

Analyse et synthèse. L'analyse est d'abord une décomposition du problème en ses différentes difficultés pour mieux l'étudier ; c'est aussi une démarche de découverte qui part des vérités conditionnées comme si elles étaient connues pour remonter à leurs conditions. La synthèse est une démarche d'exposition des connaissances qui part des principes (ou conditions) et en déduit les conséquences (ou vérités conditionnées) ; ex. : *les Éléments d'Euclide*.

Cause et conséquence. La cause est ce qui produit et détermine un effet. La conséquence est ce qui s'ensuit, ce qui en résulte.

Concret et abstrait. Le concret est ce qui se tient dans les objets de l'expérience : ce sont tous les éléments agrégés ensemble qui les constituent. L'abstrait est ce qui est retiré du concret : ce sont les éléments qui ont été détachés d'un certain nombre d'objets par l'observation pour former une idée générale.

Contingent et nécessaire. Le contingent, c'est ce qui peut être ou ne pas être, ce qui peut être autrement ; le nécessaire, c'est ce qui ne peut pas ne pas être, ce qui ne peut pas être autrement qu'il n'est.

Croire et savoir. Croire consiste à admettre une idée sans avoir la preuve de sa vérité. Savoir, c'est connaître une idée vraie après en avoir eu la démonstration ou la preuve.

Essence et accident. L'essence est la nature profonde d'une chose, ce qui fait qu'une chose est ce qu'elle est, par opposition aux changements de son apparence. On l'oppose à l'accident, qui est une qualité secondaire d'une chose, telle que, si on a lui retire, cela ne change rien à sa substance (par exemple, la couleur des cheveux d'un homme est un accident).

Fin et moyen. La fin est le but d'une action, ce qu'elle vise, ce en vue de quoi elle est accomplie. Le moyen est ce par quoi on peut parvenir à une fin, ce qui sert à la réaliser.

Forme et matière. La forme est ce qui, dans un objet, le rend intelligible et lui donne son universalité (ainsi, la forme du chien est ce qui fait que tout chien est un chien). La forme échappe au devenir ; la forme est acte. La matière est ce dont est fait l'objet avant qu'il ne reçoive sa forme (par exemple, le bois d'une sculpture) ; c'est une simple puissance que la forme actualisera.

Idéal et réel. L'idéal est ce dont l'expérience ne fournit aucun exemple pur, mais il est ce qui satisfait l'esprit ; l'idéal est défini par une idée, sans aucun mélange de réalité. Dans l'action, l'idéal est un modèle parfait qui sert de règle de conduite. Le réel est ce qui existe, indépendamment de nos souhaits et de nos désirs.

Intuitif et discursif. L'intuitif relève d'une connaissance immédiate, directe, et ne passe pas par une réflexion. Le discursif est ce qui passe nécessairement par un ensemble d'énoncés organisés dans un raisonnement.

Persuader et convaincre. Persuader, c'est conduire à soi par le sentiment, littéralement séduire. C'est donc emporter l'adhésion d'autrui en utilisant des ruses qui peuvent le tromper. Convaincre, c'est l'emporter dans un débat contradictoire ; c'est vaincre en utilisant des arguments rationnels, des raisonnements, avec le souci de connaître la vérité. Les sophistes s'efforçaient de persuader, alors que Socrate tentait de convaincre.

Sujet et objet. À l'origine, l'objet est ce qui est placé devant l'action du sujet. Dans la phrase « Pierre lance la balle », la balle est l'objet. Le sujet est ce qui est placé sous l'action (ici, c'est Pierre).

Théorie et pratique. La théorie est un ensemble organisé de connaissances abstraites, reliant des principes à des conséquences, mais n'est pas nécessairement engagée dans l'action. La pratique est ce qui concerne l'activité de l'homme, notamment la mise en œuvre de projets.

Universel et particulier. L'universel est ce qui s'applique à tous les cas sans exception. Le particulier est ce à quoi s'applique une règle générale ; par exemple, « tous les hommes sont dotés du langage » est une règle générale qui admet des exceptions (certains hommes en sont dépourvus) ; « Socrate est doté du langage » sera un cas particulier auquel s'applique la règle. Particulier ne veut pas dire exceptionnel ; particulier veut simplement dire qu'il s'agit d'un cas parmi d'autres.

4. Un récit

Dans l'ordre : Galilée, Descartes, Pascal, Diderot, Voltaire, Rousseau, Marx, Nietzsche, Freud, Sartre.

5. Culture religieuse

	JUDAÏSME	CHRISTIANISME			ISLAM	
Fondateur	Moïse	Jésus-Christ			Mahomet	
Textes	Torah	Évangiles			Coran	
Jour hebdomadaire religieux	sabbat	dimanche			vendredi	
Divisions internes		orthodoxes	catholiques	protestants	sunnites	chiites
Lieux de culte	synagogue	basilique	église	temple	mosquée	
Clergé	rabbin	pope	prêtre	pasteur	imam	mollah

6. Mythologie

1) La **mère d'Œdipe** est Jocaste. 2) L'oncle d'**Antigone** est Créon. 3) **Ismène** est la sœur d'Étéocle. 4) **Hélène** a été enlevée par Pâris. 5) **Héraclès** n'a pas tué le cyclope Polyphème. 6) **Prométhée** a volé le feu aux dieux. 7) **Orphée** jouait de la lyre. 8) **Eschyle** a écrit *Prométhée enchaîné*. 9) ***Les Travaux et les Jours*** est une œuvre de Hésiode. 10) ***L'Odyssée*** est une œuvre de Homère.

7. Raison et croyance

1) croyance ; 2) dogme ; 3) analogie ; 4) déduction ; 5) induction ; 6) syllogisme ; 7) raisonnement ; 8) sophisme ; 9) opinion ; 10) superstition ; 11) hérésie ; 12) providence.

8. Les régimes politiques

1) monarchie ; 2) despotisme ; 3) aristocratie ; 4) oligarchie ; 5) démocratie ; 6) dictature ; 7) démocratie parlementaire ; 8) démocratie présidentielle ; 9) totalitarisme ; 10) tyrannie ; 11) théocratie.

9. Texte à reconstituer

L'ordre exact des paragraphes du texte de Jean-Jacques Rousseau, *Du contrat social*, L. I, chap. 3 est : **5 ; 3 ; 4 ; 2 ; 1.**

10. Les sciences humaines

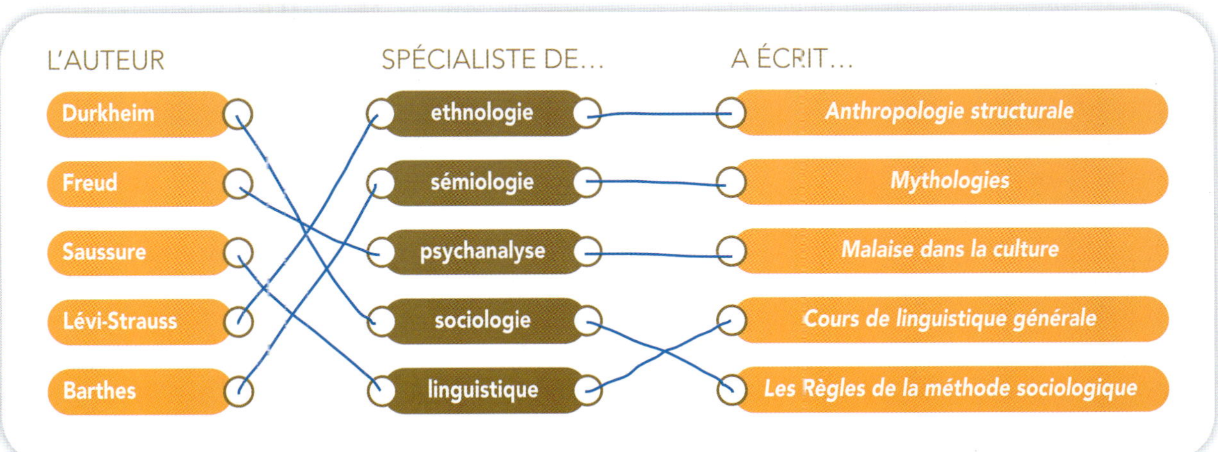

11. Découvertes et inventions

	SCIENCES	TECHNIQUES	PHILOSOPHIE	ARTS
Antiquité	Euclide	moulin à eau	Platon	Homère
Renaissance	Léonard de Vinci	imprimerie	Montaigne	Michel-Ange
Siècle moderne	Galilée	calculatrice mécanique	Descartes	Molière
Siècle des lumières	Lavoisier	automobile à vapeur	Kant	Bach
XIXe siècle	Pasteur	éclairage électrique	Marx	Monet
XXe siècle	Einstein	télévision	Sartre	Picasso

12. Histoire des idées

1 ▸ c ; 2 ▸ c ; 3 ▸ d ; 4 ▸ a ; 5 ▸ a ; 6 ▸ b ; 7 ▸ d ; 8 ▸ b ; 9 ▸ a ; 10 ▸ b

13. Les trois humiliations

ANCIENNE THÉORIE	NOM DE L'INVENTEUR	NOUVELLE THÉORIE
géocentrisme	Copernic	héliocentrisme
créationisme	Darwin	évolutionnisme
psychologie cartésienne	Freud	psychanalyse

14. Le jeu des triades

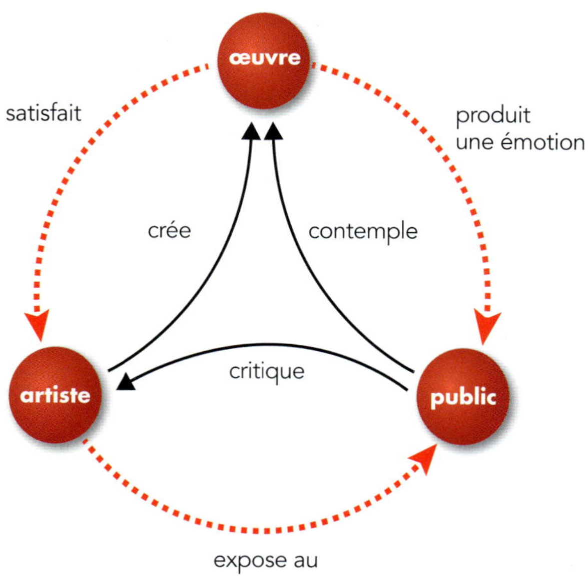

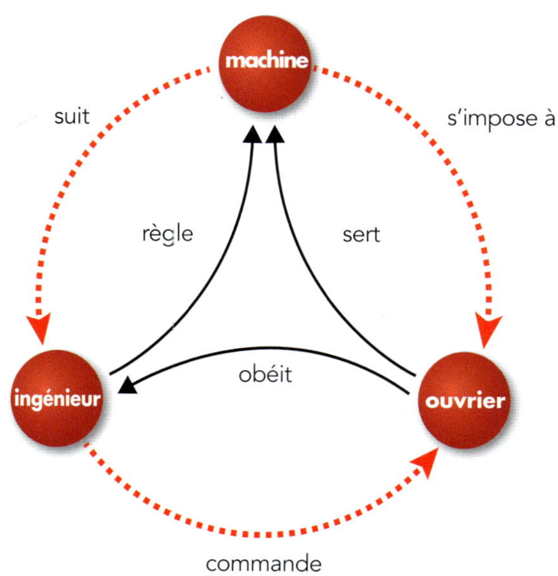

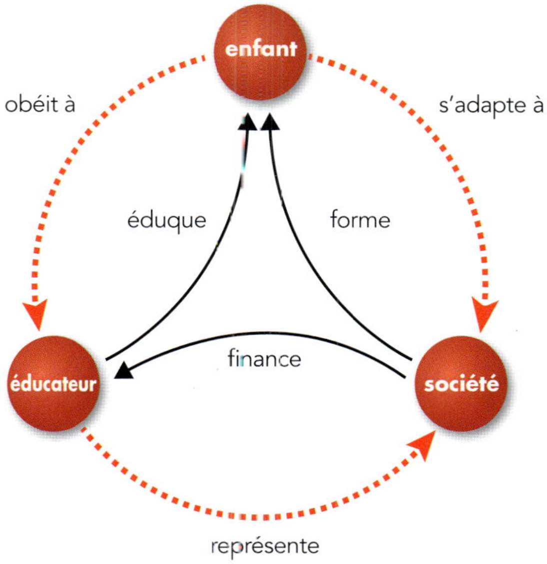

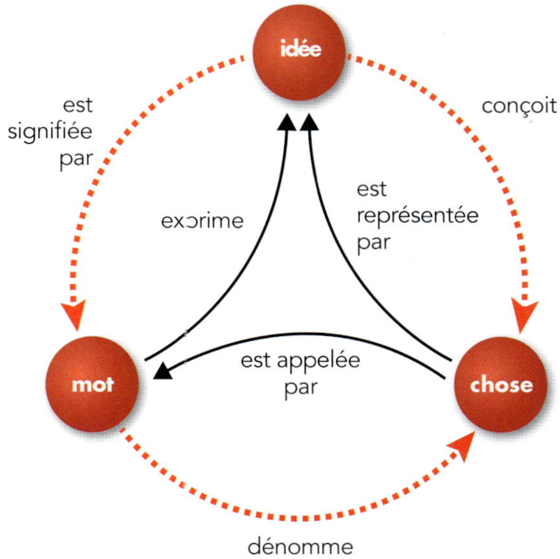

15. Les droits de l'homme

La liberté de conscience : **article 10**
La présomption d'innocence : **article 9**
Le droit de propriété : **article 17**
La liberté d'expression : **article 11**
La séparation des pouvoirs : **article 16**
Le devoir de l'impôt : **article 13**
L'égalité : **article 6**

16. La déclaration de 1948

Le droit à la sécurité sociale : **article 22**
L'asile politique : **article 14**
Le droit à la protection sociale : **article 25**
Le droit d'association : **article 20**
Le droit à l'éducation : **article 26**
Le droit au travail : **article 23**

17. Les mouvements artistiques

L'ARTISTE	APPARTENAIT AU…	A VÉCU AU…
Bach	baroque	XVIIIe siècle
Beethoven	romantisme	XIXe siècle (début)
Corneille	classicisme	XVIIe siècle
Flaubert	réalisme	XIXe siècle
Kandinsky	art abstrait	XXe siècle
Magritte	surréalisme	XXe siècle
Monet	impressionnisme	XIXe siècle
Picasso	cubisme	XXe siècle
Zola	naturalisme	XIXe siècle

18. Les écrivains

L'ÉCRIVAIN	A ÉCRIT…	ET ÉTAIT…
Thomas Bernhard	*Maîtres anciens*	autrichien
Jorge Luis Borges	*Fictions*	argentin
Marguerite Duras	*Un barrage contre le Pacifique*	française
Umberto Eco	*Le Nom de la rose*	italien
Ernest Hemingway	*Le Vieil Homme et la Mer*	américain
Eugène Ionesco	*La Cantatrice chauve*	roumain
James Joyce	*Ulysse*	irlandais
Thomas Mann	*La Mort à Venise*	allemand
Vladimir Nabokov	*Lolita*	russe
Marcel Proust	*À la recherche du temps perdu*	français
Virginia Woolf	*Mrs Dalloway*	britannique
Kawabata Yasunari	*Les Belles Endormies*	japonais

Quelques conseils de lecture

Aujourd'hui, au menu, nous vous proposons plusieurs petites lectures légères et rafraîchissantes.

Pour commencer, une petite « mise en bouche » avec notre ouvrage *L'Indispensable en culture générale* (Bréal), qui prolongera agréablement ce cahier pour compléter vos tests de connaissances et combler quelques lacunes.

Ensuite, une entrée en matière sur la philosophie et la politique grecques : J.-P. Vernant, *Les Origines de la pensée grecque* (PUF). On pourra enrichir la sauce avec l'excellent outil qu'est le dictionnaire de P. Grimal, *Dictionnaire de la mythologie grecque et romaine* (PUF).

Pour le premier plat, nous vous recommandons une bonne petite lecture philosophique permettant de faire le point sur différentes écoles : soit Montaigne, l'Apologie de Raimond Sebond, dans ses *Essais, Livre II* (Garnier-Flammarion), soit Pascal, l'Entretien avec M. de Sacy, dans *De l'esprit géométrique*, et autres textes (Garnier-Flammarion).

Pour le deuxième plat, le « plat de résistance », un bon ouvrage de philosophie politique pourrait faire l'affaire : Machiavel, *Le Prince* (Garnier-Flammarion) ou J.-J. Rousseau, *Du contrat social*, L. I et II (Garnier-Flammarion), ou pour ceux qui les connaissent déjà, un plat plus raffiné : Tocqueville, *De la démocratie en Amérique*, notamment, les chapitres 16 à 37 (Gallimard).

On pourra faire utilement une petite pause avec la lecture d'un roman historique, à la fois distrayant et instructif, comme Iain Pears, *Le Cercle de la croix* (Pocket), ou Umberto Eco, *L'Île du jour d'avant* (Grasset).

Pour l'avant-dernier plat, nous vous recommandons un petit tour du côté des sciences humaines : Freud, *Malaise dans la culture* (PUF), ou Bourdieu, *Questions de sociologie* (Minuit), ou Saussure, *Cours de linguistique générale* (Payot) pour ceux qui ne les connaissent pas.

Enfin, pour le dessert, la question de l'art s'impose avec la lecture, par exemple, de Kant, l'analytique du beau dans la *Critique de la faculté de juger* (Hatier), ou de Nietzsche, *La Naissance de la tragédie* (Folio).

Vous en reprendrez bien un petit morceau ? Alors, pour les gourmets, et à condition de le savourer par petits morceaux, Nietzsche, *Ainsi parlait Zarathoustra* (Garnier-Flammarion).

Bon appétit !

ESH

Programme prépa

1re année

Module 1
Les fondements de l'économie et de la sociologie
1.1. Les fondements de l'économie
1.2. L'équilibre des agents et le fonctionnement du marché
1.3. Les fondements de la sociologie

Module 2
Croissance et développement
2.1. La croissance et le développement depuis le XIXe siècle
2.2. Les transformations des structures économiques, sociales et démographiques depuis le XIXe siècle
2.3. Entreprise et organisation

2e année

Module 3
La mondialisation économique et financière
3.1. La dynamique de la mondialisation économique
3.2. La dynamique de la mondialisation financière
3.3. L'intégration européenne

Module 4
Déséquilibres, régulation et action publique
4.1. Équilibres et déséquilibres macroéconomiques
4.2. L'intervention économique des pouvoirs publics
4.3. Les politiques sociales

1. Quelques auteurs à connaître

1 ▸ c ; 2 ▸ h ; 3 ▸ a ; 4 ▸ g ; 5 ▸ e ; 6 ▸ b ; 7 ▸ d ; 8 ▸ f

2. Tout est question de chronologie !

A F D B L J I K E G H C

1944 ▸ Conférence de Bretton Woods. Un nouveau système monétaire international (*gold exchange standard*) est défini : il instaure la convertibilité des monnaies entre elles – le dollar étant en outre convertible en or – et un régime de changes fixes mais ajustables. Ce système prend fin au début des années soixante-dix.
1945 ▸ Création de la Sécurité sociale en France. Il s'agit de couvrir les travailleurs contre les risques sociaux (maladie, vieillesse) et les charges familiales et de maternité. Le financement est assuré par des cotisations sociales.
1947 ▸ Signature du GATT. Ce traité promeut le libre-échange et institutionnalise les négociations multilatérales pour intensifier la libéralisation du commerce international et stimuler sa croissance.
1957 ▸ Signature du traité de Rome instituant la CEE. La France, l'Allemagne, l'Italie, les Pays-Bas, la Belgique et le Luxembourg signent le traité de Rome pour constituer à moyen terme une union douanière (réalisée en 1968) et à plus long terme un marché commun. La CEE connaîtra plusieurs élargissements et, en 1993, l'Union européenne lui succède.
1973 ▸ Premier choc pétrolier. Forte augmentation du prix du baril de pétrole.
1991 ▸ Fin de l'URSS. Après l'échec d'une tentative de coup d'État mené par l'aile conservatrice du parti communiste (août 1991), les républiques constituant l'URSS déclarent tour à tour leur indépendance et, en décembre 1991, l'URSS disparaît. La Communauté des États indépendants (CEI) s'y substituent sans avoir les prérogatives d'un État.
1992 ▸ Signature du traité de Maastricht instituant l'Union européenne (UE). Le traité de Maastricht institue l'Union européenne qui est une union économique et monétaire, c'est-à-dire un marché unique (libre circulation des biens, des services, des capitaux et des hommes au sein de l'UE) composé d'États qui renforcent la coordination de leurs politiques économiques et monétaires, allant jusqu'à prévoir l'adoption d'une monnaie unique.
1995 ▸ Mise en place de l'OMC. L'Organisation mondiale du commerce supervise l'application du GATT qui accentue la libéralisation du commerce international, et dispose d'un organe juridique (organe de règlement des différends) chargé de régler les conflits commerciaux entre États membres.
1997 ▸ Début de la crise asiatique. Elle débute en Thaïlande, puis elle se propage vers d'autres pays.
1999 ▸ Création de l'euro. L'euro scriptural est créé en 1999, mais l'euro fiduciaire (pièces et billets) n'est mis en circulation qu'en 2002.
2000 ▸ Loi des 35 heures en France. La loi ramène la durée légale du travail à 35 heures par semaine et prévoit l'annualisation du temps de travail. Des réductions de

cotisations sociales sont prévues pour compenser le surcoût pour les entreprises de la semaine de 35 heures payées 39.

2007 ▸ Crise des *subprimes* aux États-Unis. Crise touchant les banques ayant prêté des fonds à des ménages peu solvables pour qu'ils acquièrent un logement. Celui-ci constitue une garantie pour les banques en cas de non remboursement du prêt. Des ménages de plus en plus nombreux ont été incapables de rembourser leur emprunt à un moment où le prix des logements fléchissait. Dès lors, les banques se sont retrouvées en difficulté.

3. Démêlez le vrai du faux

1) Faux. Le taux de natalité est le nombre de naissances vivantes de l'année pour 1000 habitants (En France, 12,7 pour 1000). Le nombre d'enfants par femme (en âge fécond) est l'indicateur synthétique de fécondité (en France, environ 2 enfants par femme).

2) Vrai. La population active (environ 28 millions de personnes en France) comprend ceux qui ont un emploi et les chômeurs.

3) Faux. L'entrée et l'installation durable dans un pays de personnes étrangères constitue l'immigration (environ 5 millions de personnes en France).

4) Faux. Thomas Robert Malthus est connu pour ses thèses antinatalistes. Il considérait que la population croissait plus rapidement que les subsistances, d'où la nécessité de limiter les naissances.

5) Vrai. Dans les pays développés, le secteur tertiaire occupe la plus grande part des actifs. En France, environ 75 %.

6) Faux. Les services sont produits par des administrations mais aussi par des entreprises (exemples : banques, commerces…).

7) Vrai. Les ménages investissent, notamment quand ils acquièrent un logement.

8) Faux. La productivité du travail correspond à ce que produit chaque travailleur (et non pas l'ensemble) en un temps donné.

9) Faux. Le revenu disponible des ménages est le revenu dont ils disposent pour consommer et épargner. Il correspond aux revenus d'activité et de transfert perçus par les ménages, desquels sont retranchées les cotisations sociales et les impôts directs.

10) Vrai. En France, les importations accroissent l'offre et équivalent à environ 28 % du PIB ; les exportations constituent une demande représentant environ 26 % du PIB.

4. Un cheval, des chevaux... (vapeur) !

Dans l'ordre : outillage, privée, rendements, productivité, urbaine, produits industriels, agricole, exode rural, capitaux, population, mortalité, main-d'œuvre, routes, chemin de fer, rails.

5. Fluctuez mais ne coulez pas !

						C	R	I	S	E			
	S	C	H	U	M	P	E	T	E	R			
					E	X	P	A	N	S	I	O	N
		J	U	G	L	A	R						
K	O	N	D	R	A	T	I	E	F	F			
		D	E	P	R	E	S	S	I	O	N		
					T	R	E	N	D				

LES PHASES DE CYCLES

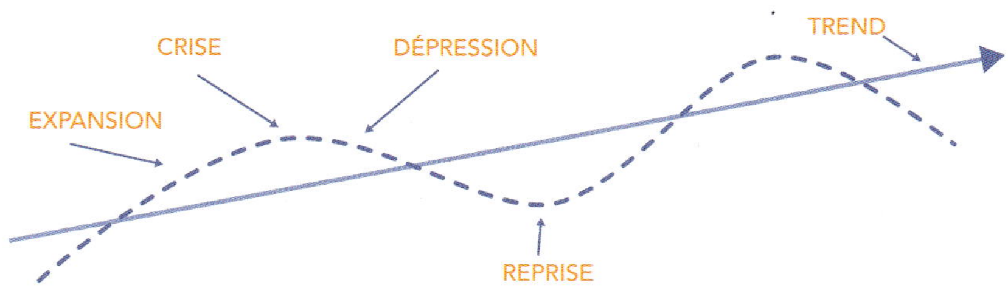

LE CYCLE KONDRATIEFF : le cycle Kondratieff (ou cycle long) est un cycle d'une durée variant de 40 à 60 ans. Schumpeter a, le premier, utilisé l'appellation « cycle Kondratieff ». Un tel cycle est composé de deux phases : une phase de croissance tendancielle (souvent qualifiée de phase A) durant laquelle les prix et la production augmentent, et une phase de ralentissement de la croissance (souvent qualifiée de phase B), durant laquelle les prix baissent et la production ralentit, voire diminue. Schumpeter attribue les phases A à la diffusion d'innovations apparues en grappes à la fin des phases B.

6. Des mots... de tête !

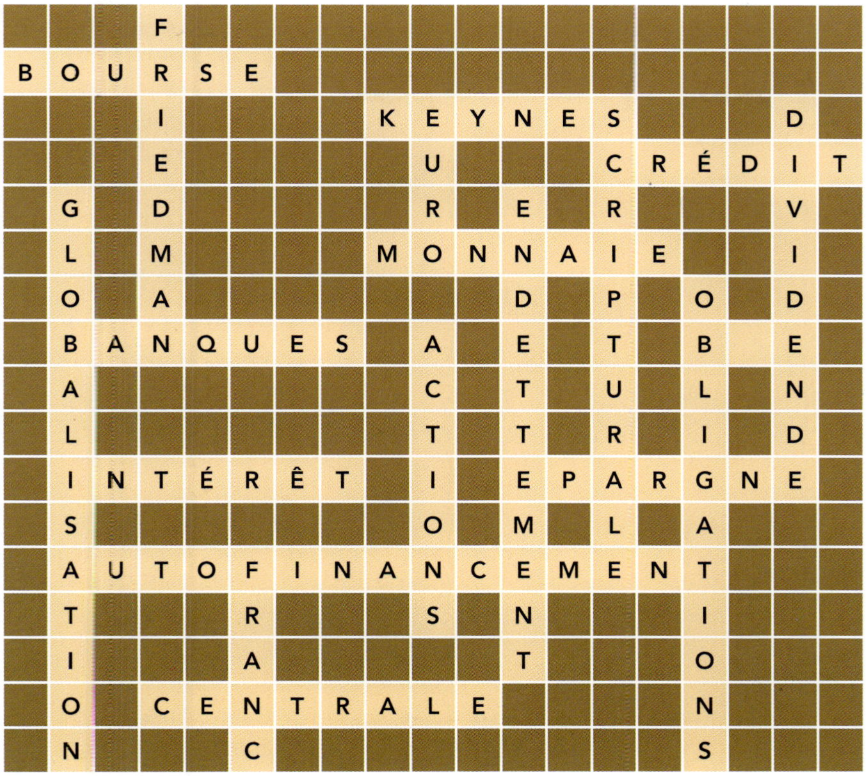

7. Mots mêlés

La Communauté économique européenne (CEE), instituée par le traité de **Rome** en 1957, comporte 6 pays membres : la **France**, l'**Allemagne**, l'**Italie**, les **Pays-Bas**, la **Belgique**, le **Luxembourg**. En 1973, ils sont rejoints par le **Danemark**, le **Royaume-Uni** et l'**Irlande**. En 1981, la **Grèce** intègre la Communauté, suivie de l'**Espagne** et du **Portugal** en 1986. En 1992, le traité de Maastricht institue l'Union européenne (UE) qui, en 1995, suite à un nouvel élargissement (**Suède, Finlande, Autriche**) fait passer l'union de 12 à 15 membres. En 2004, 8 pays d'Europe centrale et orientale (**Tchéquie, Hongrie, Pologne, Lituanie, Lettonie, Estonie, Slovénie, Slovaquie**), ainsi que **Chypre** et **Malte**, adhèrent à l'UE et, en 2007, c'est le cas de la **Roumanie** et de la **Bulgarie**. 27 pays sont donc membres de l'UE.

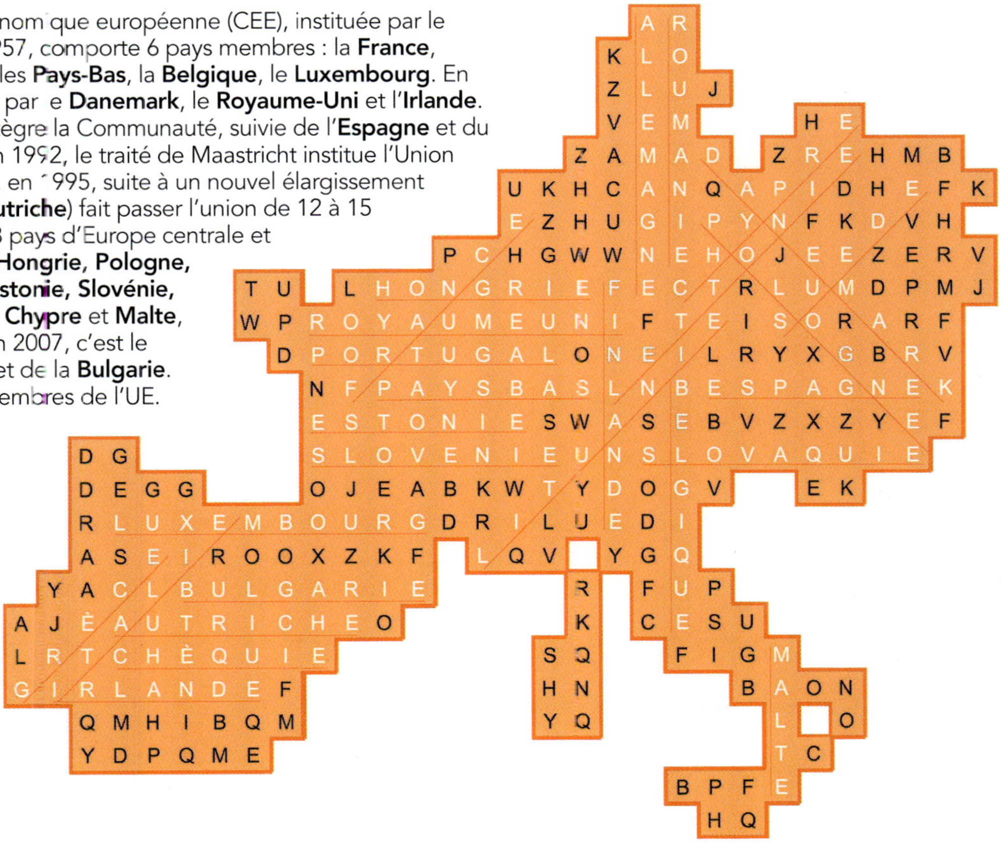

8. Le Sudoku des sociologues

9. Le libre-échange, attention danger !

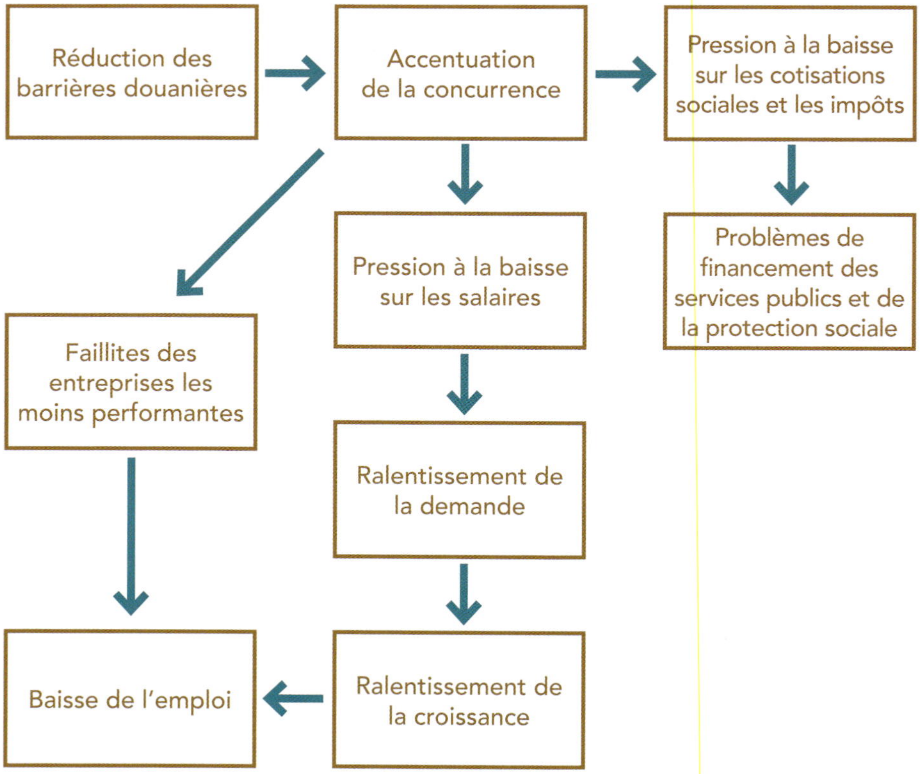

10. Le dollar, ça eut payé !

1 ▸ b. Il ne faut pas confondre l'appréciation (hausse du taux de change d'une monnaie en raison d'une demande supérieure à l'offre de cette monnaie sur le marché des changes) avec la réévaluation d'une monnaie (décision de l'État de modifier à la hausse la parité officielle de la monnaie dans un régime de changes fixes mais ajustables).
2 ▸ a. Les réponses b et c relèvent d'un autre SMI, *le gold exchange standard*.
3 ▸ b. Les monnaies définies par un poids d'or sont convertibles entre elles et en dollar, qui était la seule monnaie convertible en or (convertibilité externe).
4 ▸ a. Le rôle du FMI était de superviser le fonctionnement du SMI défini à Bretton Woods en contribuant à la stabilité des changes et en aidant les pays en cas de déficit de leur balance des paiements courants.
5 ▸ c. En 1976, les accords de la Jamaïque officialisent le régime des changes flexibles qui, de fait, caractérisait le SMI depuis 1973.
6 ▸ b. La politique monétaire se traduit par une variation des taux directeurs de la banque centrale qui induit des entrées ou des sorties de capitaux. Dès lors, les taux de change peuvent varier amplement et ne peuvent donc être fixes. Pour mener une politique monétaire nationale autonome, tout en adoptant un régime de changes fixes, il est nécessaire d'instaurer un contrôle sur les flux de capitaux.

11. Des équilibres et déséquilibres

1) Chaud Mat Je ▸ Chômage : il résulte d'un déséquilibre sur le marché du travail (l'offre de travail est supérieure à la demande de travail des employeurs).
2) Deux Ment Deux ▸ Demande : pour les keynésiens, l'insuffisance de la demande conduit les chefs d'entreprise à réduire leur plan de production et donc l'embauche, d'où la montée du chômage.
3) Riz J Di Thé ▸ Rigidité : pour les libéraux, le chômage résulte de rigidités empêchant l'ajustement automatique de l'offre de travail et de la demande de travail en cas de déséquilibre. Par exemple, l'excès d'offre de travail (chômage) fait baisser le prix du travail (salaire) ce qui incite les employeurs à accroître leur demande de travail. Le marché du travail retrouve alors son équilibre. Mais si du fait d'un salaire minimum (ce qui constitue une rigidité), les salaires ne peuvent baisser suffisamment, la demande de travail n'augmentera pas assez et le chômage durera.
4) INFLATION
Il s'agit d'un déséquilibre macroéconomique qui se traduit, dans une économie, de marché par une hausse durable et auto-entretenue des prix. Les causes de ce déséquilibre résident dans l'excès de la demande de produits par rapport à l'offre, de coûts de production qui augmentent davantage que la productivité des facteurs ou d'une création excessive de monnaie.
5) DEFLATION
Il s'agit d'un déséquilibre macro-économique se traduisant par une baisse générale et auto-entretenue des prix et une contraction de l'activité économique.

12. Le bon plan des vacances...

1. Dès les années cinquante, le tiers-monde n'est pas un ensemble homogène.
A : il existe un « troisième monde » regroupant des pays pauvres et dominés.
a) L'unité du tiers-monde paraît être d'abord politique.
b) L'unité du tiers-monde repose également sur un faible niveau de développement.
B : Ce « troisième monde » est d'emblée diversifié.
a) Le tiers-monde correspond à des pays dissemblables (culture, étendue, démographie, régime politique…).
b) Les niveaux de développement sont contrastés.

2. Depuis les années soixante-dix, l'éclatement du tiers-monde devient plus net.
A : les indicateurs de développement traduisent la diversité du tiers-monde.
a) La grande diversité du tiers-monde est confirmée par les indicateurs traditionnels de développement.
b) Les nouveaux indicateurs de développement humain traduisent aussi cette diversité.
B : l'éclatement du tiers-monde s'est amplifié du fait de stratégies de développement différentes.
a) Des pays intermédiaires ont fait évoluer leur spécialisation alors que d'autres sont restés très pauvres (PMA).
b) Des pays émergents ont fondé leur développement sur une insertion croissante dans les échanges mondiaux.

13. Souhaitez-vous changer de position ?

1 ▸ E ; 2 ▸ F ; 3 ▸ G ; 4 ▸ B ; 5 ▸ C ; 6 ▸ A ; 7 ▸ D
En France, la mobilité sociale intergénérationnelle, pour la plus grande part ascendante, a progressé depuis les années cinquante, principalement du fait des changements de la structure des emplois. Toutefois, l'hérédité sociale reste marquée dans certaines catégories sociales (notamment les agriculteurs et les cadres et professions intellectuelles supérieures) et depuis les années quatre-vingt-dix, il semble que la mobilité sociale ait ralenti.

HISTOIRE-GÉOGRAPHIE

1. Connaissez-vous les Français ?

1) a ; **2)** b ; **3)** c ; **4)** b ; **5)** b ; **6)** a ; **7)** c

2. La France n'a-t-elle qu'une capitale ?

Agglomération	Population
Paris	2 240 621
Marseille	852 516
Lyon	496 343
Toulouse	453 317
Nice	343 629
Nantes	291 604
Strasbourg	274 394
Montpellier	268 456
Bordeaux	241 287
Lille	228 652

4. L'aménagement du territoire en France

b : **1947** ; g : **1955** ; a : **1963** ; e : **1963** ; j : **1963** ; d : **1970** ; h : **1975** ; f : **1981** ; c : **1982** ; i : **1985**.

5. La ville en mots

Macrocéphalie : système urbain déséquilibré au profit d'une ville beaucoup plus peuplée que les autres • **Technopole :** ville dont les fonctions reposent sur les hautes technologies • **Commune périurbaine :** commune urbaine à l'exception du pôle urbain • ***Central business district*** **:** centre des affaires d'une grande ville • **Agglomération :** ensemble formé par une ville centre et ses banlieues • **Mégalopole :** centre mondial pourvu de concentrations humaines et de richesses • **Métropole :** ville exerçant une influence déterminante sur un espace donné grâce aux fonctions, notamment de commandement, dont elle dispose • **Ville nouvelle :** ville dont l'aménagement s'accompagne d'une volonté politique dans le cadre d'une politique d'urbanisation • **Mégapole :** très grande ville • **Ville globale :** ville dotée de fonctions de commandement majeures dans les domaines économique, financier, politique, culturel et technologique, et dont l'aire d'influence est mondiale.

3. Qui est in ? Qui est out ?

1957 : les six membres fondateurs : **Belgique, France, Italie, Luxembourg, Pays-Bas, RFA.**

1973 : Irlande, Royaume-Uni, Danemark (y compris **le Groenland** mais sans les îles Féroé).

1981 : Grèce.

1985 : le 1er février retrait du **Groenland**, suite au référendum de 1982.

1986 : Espagne, Portugal.

1990 : le 3 octobre, suite à la réunification allemande, l'ancienne République démocratique allemande rejoint l'Union.

1995 : Finlande, Suède, Autriche (UE-15).

2004 : Estonie, Lettonie, Lituanie, Pologne, République tchèque, Slovaquie, Hongrie, Slovénie, Chypre, Malte (UE-25).

2007 : Bulgarie et Roumanie (UE-27).

1) États membres de la zone euro : Allemagne, France, Belgique, Pays-Bas, Luxembourg, Portugal, Espagne, Italie, Suède, Finlande, Autriche, Grèce, Malte, Slovaquie, Slovénie, Chypre.

2) États membres à part entière de l'espace Schengen : Allemagne, France, Belgique, Pays-Bas, Luxembourg, Portugal, Espagne, Italie, Suède, Finlande, Autriche, Grèce, Malte, Slovaquie, Slovénie, Pologne, République tchèque, Hongrie, pays baltes, Suisse, Norvège, Islande.

Les pays qui ont refusé d'intégrer l'UE : Norvège, Islande, Suisse.

Les pays officiellement candidats sont la **Turquie, la Croatie et la Macédoine**. Deux pays ont déposé une candidature qui n'a pas encore été prise en compte : **le Monténégro** (15 décembre 2008) et **l'Albanie** (28 avril 2009).

6. Des mots... (graphie)

1 ▸ c ; 2 ▸ a ; 3 ▸ a ; 4 ▸ b ; 5 ▸ c ; 6 ▸ b ; 7 ▸ a et c ; 8 ▸ b ; 9 ▸ a ; 10 ▸ a et b ; 11 ▸ a et b ; 12 ▸ a ; 13 ▸ Il existe des nuances : **a)** celui qui voyage sans titre de transport et pénètre illégalement sur un territoire est un voyageur clandestin ; **b)** celui qui est entré illégalement dans le pays est un migrant clandestin ; **c)** celui qui ne dispose pas des documents lui permettant de résider dans le pays où il vit est un résident clandestin ; **14 ▸ a, b** et **c.**

7. À la rencontre du géant

1. Faux : le charbon est la 1re source d'énergie (et la Chine est 1er producteur mondial), loin devant l'hydroélectricité et le gaz naturel ; **2. Vrai** ; **3. Faux :** la riziculture de plaine comme celle de terrasse sont pratiquées en Chine ; **4. Faux :** le 3e fleuve le plus important n'est pas le fleuve Rouge, mais la rivière des Perles ; **5. Vrai :** c'est 9,5 millions de km², précisément ; **6. Faux :** Mao Zedong est décédé en 1976 ; **7. Faux :**

la Chine a rejoint l'OMC en 2001 ; **8. Faux :** Hong Kong a été rétrocédée à la Chine en 1997 ; **9. Faux :** les Tibétains sont nombreux à vivre en Chine, mais ce n'est pas un peuple chinois ; **10. Vrai** ; **11. Vrai :** L'Asia Pacific Economic Cooperation rassemble, en 1989, 18 États riverains du Pacifique dont, la Chine, les États-Unis, le Mexique, l'Australie, la Nouvelle-Zélande et le Japon ; **12. Vrai :** L'Association des États du sud-est asiatique (ASEAN en anglais) procède à de nombreux échanges avec la Chine ; **13. Vrai** ; **14. Faux :** le riz n'est pas la seule culture majeure en Chine ; le blé, dans le nord, est la principale production agricole tandis que le riz joue le même rôle dans le sud.

8. Visualiser la diversité démographique mondiale

Rappel : la transition démographique est le passage d'un régime démographique traditionnel (natalité et mortalité élevées) à un régime moderne (les deux taux sont faibles). La première phase de la transition se caractérise par la chute de la mortalité, tandis que la seconde correspond à la chute de la natalité. Amorcée en Europe dès la fin du XVIIIe siècle, la transition démographique est apparue comme un modèle qui s'est diffusé largement dans le monde, y compris dans les États du sud dans la seconde moitié du XXe siècle.

Réponses : 1. Plus la base est étroite, plus la part des jeunes enfants est réduite, ce qui signifie que la natalité et la fécondité sont faibles, donc que l'État est avancé dans la transition démographique, voire qu'elle est achevée. La situation malienne est caractéristique d'un pays très jeune, qui amorce son entrée dans la seconde phase de la transition, avec une base très large et des flancs concaves. La fécondité était encore supérieure à 7 en 2006. En Inde, la fécondité a chuté à moins de 4, voire moins de 3, le pays est au milieu de la seconde phase de la transition. La Chine est en fin de transition, tandis que l'Allemagne a achevé la sienne.

2. L'étroitesse du sommet traduit l'importance de la mortalité et, surtout, la faiblesse de l'espérance de vie. Le déséquilibre hommes/femmes correspond à la fois à la longévité naturelle féminine supérieure et à des conditions de mortalité moins défavorables à presque tous les âges de la vie – sauf celui de la maternité. Au Mali, l'espérance de vie n'atteint pas 50 ans – notamment en raison de l'importance de la mortalité infantile. Dans les États comme l'Inde, la mortalité et la mortalité infantile ont sensiblement diminué alors qu'au Mali, elles restent respectivement supérieures à 15 ‰ et 130 ‰. En Chine, l'espérance de vie dépasse 70 ans et 75 en Allemagne.

3. Classement des pyramides selon l'étape à laquelle elles se situent dans la transition démographique :
- Mali (début de 2nde phase) ; • Inde (milieu de 2nde phase) ;
- Chine (fin de 2nde phase) ; • Allemagne (transition achevée).

9. Anges ou démons, les FMN les plus puissantes

Pétrole : Total *(France)* ; British Petroleum *(Royaume-Uni)* ; Royal Dutch Shell *(Royaume-Uni et Pays-Bas)* ; Exxon Mobil *(États-Unis)* ; BP *(États-Unis)* ; Chevron *(États-Unis)* ; ConocoPhillips *(États-Unis)* ; Sinopec *(Chine)*.
Télécoms : Vodafone *(États-Unis)* ; NTT *(Japon)*.
Automobiles : Toyota Motor *(Japon)* ; Ford Motor *(États-Unis)* ; General Motors *(États-Unis)* ; DaimlerChrysler *(Allemagne)* ; Volkswagen *(Allemagne)* ; Siemens *(Allemagne)*.
Commerce de détail : Wal-Mart *(États-Unis)* ; Carrefour *(France)*.
Société mixte : General Electric *(États-Unis)*.
Services financiers : ING *(Pays-Bas)*.
Banque : Citigroup *(États-Unis)* ; Crédit agricole *(France)* ; HSBC Holdings *(Royaume-Uni)*.
Assurances : AXA *(France)* ; Allianz *(Allemagne)* ; Assicurazioni Generali *(Italie)*.

10. Du GATT à l'OMC

Dans l'ordre : Nations unies, 23, guerre froide, Congrès des États-Unis, Annecy, Kennedy Round, mesures anti-dumping, Tokyo Round, GATS, TRIPS, Uruguay Round, Genève, l'ORD, le groupe de Cairns, cycle de Doha, la réduction des subventions, 2008, 152, 2001, bilatéraux.

11. Superpuissants ?

1. Vrai ; **2. Vrai :** 2,7 % en 2017; **3. Faux :** Les États-Unis sont le 3e producteur mondial de pétrole ; **4. Faux :** les États-Unis représentent 48 % des dépenses militaires mondiales ; **5. Vrai :** les États-Unis représentent 20% du PIB mondial en 2016 ; **6. Vrai** (données 2007) ; **7. Faux :** les États-Unis s'étendent sur 9,3 millions km^2 (4e superficie mondiale) ; **8. Faux :** les États-Unis représentent le tiers de la production agricole mondiale ; **9. Vrai :** les États-Unis sont le premier exportateur mondial de marchandises, les Allemands sont deuxième ; **10. Faux :** la balance commerciale des États-Unis est très déficitaire ; **11. Faux :** les États-Unis sont le premier producteur mondial de gaz naturel ; **12. Faux :** ils étaient 13,5 % en 2015 ; **13. Vrai :** 32 hab./km^2 ; **14. Vrai** ; **15. Faux :** la Californie est la deuxième région touristique du pays après la Floride, mais avant le Nevada et Hawaï.

12. Le développement durable, enjeu mondial

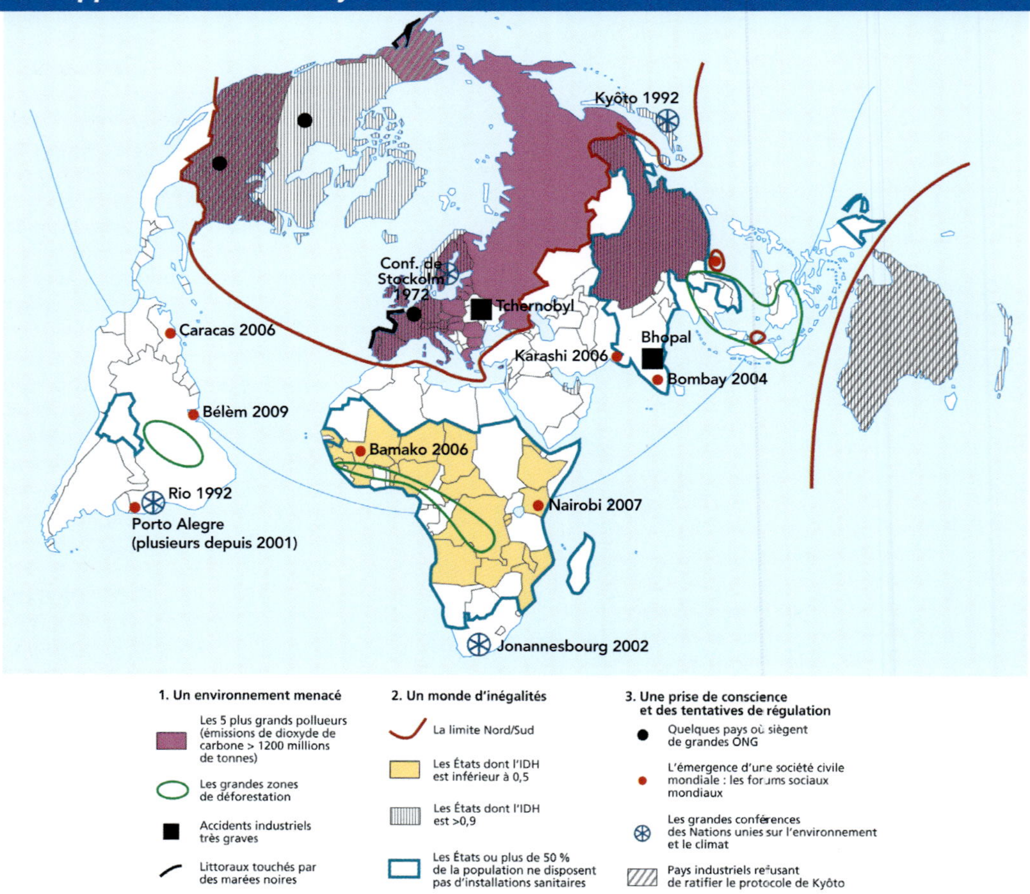

ANGLAIS

1. Avez-vous une bonne culture agricole ?

1. plants produced for food **2.** humidity **3.** dryness due to lack of rain **4.** what is gathered at the end of the growing season **5.** animals raised for food **6.** basic food products **7.** hunger **8.** a cereal plant used in making bread, pasta, etc. **9.** the top layer of earth where plants grow ; substances used to improve plant growth.

2. Crise alimentaire

In recent months, the newspapers **have dealt** extensively with the food crisis. Indeed, there is a **shortage/scarcity** of food in the world. In other words, **supply** does not meet demand. One result of this is that Nigerian **households** spend 73% of their budgets to eat, **whereas** even the poorest American families spend only 16%. Food prices went up 50-100% in Haiti and resulted in food **riots**. Last year, the food import **bill** of developing countries **climbed** to levels not seen in a generation. These increases have **triggered unrest** in many parts of the world. In addition, the growth of the middle classes in Asia and India has increased the demand for meat, which **requires** large amounts of **grain**. Furthermore, the situation **has worsened** because of the production of biofuels. **Corn** ethanol production **accounts** for at least half the **rise** in world corn demand in the last three years. This rise in demand sent up prices and many farmers **switched** their fields to corn because it was more lucrative. At the same time, the use of corn for biofuels caused a **scarcity/shortage** of food in other parts of the world.

3. Langue de presse

1 ▸ b ; 2 ▸ a ; 3 ▸ b ; 4 ▸ a ; 5 ▸ b ; 6 ▸ c ; 7 ▸ b ; 8 ▸ c ; 9 ▸ a ; 10 ▸ a; 11 ▸ a ; 12 ▸ c ; 13 ▸ a ; 14 ▸ a ; 15 ▸ b

4. La crise de nerfs

H	M	A	C	O	L	L	A	P	S	E	S	I
A	I	M	E	S	E	V	I	L	C	S	E	C
P	S	Y	C	H	V	I	S	U	A	D	I	O
P	H	O	N	E	E	S	U	N	N	I	O	N
H	A	P	P	E	N	I	N	G	D	S	C	S
E	P	C	O	A	T	T	R	E	A	A	R	C
N	L	O	S	S	U	I	T	E	L	S	I	A
O	I	N	C	H	B	L	O	W	E	T	S	L
M	I	S	F	O	R	T	U	N	E	E	I	A
E	M	E	R	G	E	N	C	Y	S	R	S	M
N	I	Q	I	C	A	S	U	A	L	T	Y	I
O	S	U	E	B	K	E	A	W	I	N	G	T
M	T	E	N	A	D	V	E	R	S	I	T	Y
T	A	N	D	N	O	M	I	N	A	L	L	Y
O	K	C	L	E	W	T	R	O	U	B	L	E
O	E	E	Y	I	N	C	I	D	E	N	T	S

5. Fort en grammaire ?

Si votre score est plus bas que 16/20 à cet exercice, il vaut mieux penser à réviser les bases avant le début de l'année. Nous indiquons entre parenthèses la rubrique de grammaire à réviser.

1) Paul used to play chess, but he doesn't play any more. (word order)
2) I know a boy whose father won a chess tournament. (relative pronouns)
3) Young people must avoid getting mixed up in drugs. (gerunds)
4) Since last June, my brother has been working in a bar. (use of present perfect)
5) I wish I had learned to speak Italian when I was younger. (use of past perfect)
6) You mustn't be impolite to Grandpa–he's very sensitive! (modals: have to & must)
7) All people need encouragement. (all, every and the whole)
8) If I had done more exercises, I would have got better marks. (conditional)
9) I don't think I did very well. I should have studied harder. (modals: should)
10) Ms Daly says I've made a lot of progress in English this year! (much, many, a lot of + uncountables)
11) That's amazing, because I've had little time to work. (little, few + uncountables)
12) Put on your coat, it's beginning to be cold! (present continuous)
13) My father wanted me to study science, but I prefer law. (want, expect +subj.+inf.)
14) Most people don't mind children playing in the street. (all, most, etc.)
15) This exercise book allows us to catch up on all subjects. (advise, allow + subj.+inf.)
16) In order to preserve the environment, we must protect nature. (the)
17) I don't know the geography of the US very well. Do you? (word order)
18) I don't know what the answer is. Do you? (word order)
19) When Alice and Bob got married, they had only known each other for two months. (reflexive and reciprocal pronouns)
20) It's obvious that the more successful you are the happier you are. (more, the more)

6. Ce n'est qu'une expression !

1. Avoir le beurre et l'argent du beurre ; **2.** Les doigts dans le nez ; **3.** Vendre la mèche ; **4.** Pour moi c'est du chinois ; **5.** C'est pas le Pérou ; **6.** Panier de crabes ; **7.** Travailler comme une bête ; **8.** Quand on parle du loup ; **9.** Se mettre en quatre ; **10.** À côté de ses pompes ; **11.** C'est du gâteau ; **12.** (ça coûte) La peau des fesses ; **13.** Pleuvoir des cordes.

7. Connaissez-vous ces proverbes ?

1) Better late than never.
2) Don't put all your eggs in one basket.
3) Money doesn't grow on trees.
4) Nothing ventured, nothing gained.
5) A bird in the hand is worth two in the bush.

8. Attention ! Faux amis !

1) Ils ont repris la reunion après une pause d'une heure.
2) *We are at present in a period of crisis.*
3) En fait, l'examen était assez facile. Je crois l'avoir réussi.
4) *We haven't yet found a place to rent /a rental for the summer.*
5) Je regrette, mais vous n'avez pas répondu à la question correctement.
6) *It's true they're coming today? I didn't know.*
7) La municipalité a dépensé beaucoup d'argent pour des équipements de sports.
8) *In my opinion, this argument is not valid.*
9) Nous sommes tous concernés par la question/ le problème de la drogue.
10) *We must take measures to help those who live in poverty.*
11) Les médecins et les écologistes sont d'accord sur le fait que la pollution est un risque/un danger pour la santé.
12) *People always expect a woman to be understanding.*
13) À cause de la crise, beaucoup de familles sont actuellement endettées.
14) *You must answer within two weeks/a fortnight.*
15) Un jour, on nous a livré une très grande boîte avec un chien dedans !

9. Fort en antonymes ?

1. denied ; **2.** weaken ; **3.** further ; **4.** enhance ; **5.** dread ; **6.** loosen ; **7.** worsened ; **8.** shrinks ; **9.** revealed ; **10.** marginal.

10. What's your temperament?

IDEAL – SINGULAR

11. Est-ce la bonne version de l'histoire ?

Cet exercice étant surtout un test de vocabulaire, cherchez dans le dictionnaire les mots que vous n'avez pas compris.
1 ▸ faux ; 2 ▸ faux ; 3 ▸ vrai ; 4 ▸ faux ; 5 ▸ vrai ; 6 ▸ faux ; 7 ▸ faux ; 8 ▸ faux ; 9 ▸ vrai ; 10 ▸ faux.

12. Over & over again

1. overcharged ; **2.** overwhelmed ; **3.** overheard ; **4.** overbalanced ; **5.** overall ; **6.** overburdened ; **7.** overcome ; **8.** oversees.

13. Français / Anglais

Nos corrigés, aussi bien en version qu'en thème, vous donneront une idée des traductions possibles, mais surtout du point de vue du sens de l'original. En ce qui concerne le style, il y aurait, bien sûr, d'autres possibilités encore.

China is an extreme example/illustration of/China illustrates to the extreme/the problems/that countries experiencing rapid demographic transition will face in the coming decades/that will be faced by countries… According to recent estimates, the Chinese population should/will probably/reach 1.6 billion (inhabitants) in 2040, against 1.2 billion in 1995. It should then/ it is then likely to fall (to)/fall back down to/below 1.2 billion around 2100. These fluctuations affect 20 % of the world population and raise serious problems on the levels/in the areas/of food, employment, urbanisation (city planning) and the ageing of the population.

14. Anglais / Français

« Dans ma prochaine incarnation/dans une autre vie », dit un jour ma mère, « je serai archéologue, et j'irai déterrer les choses/objets. » Nous étions assis sur le lit qui avait été celui de mon frère, puis le mien, puis celui de ma sœur ; nous étions en train de trier les affaires dans une des malles et de décider de ce qui pouvait maintenant être donné ou jeté. Selon ma mère, ce que l'on garde du passé est surtout/avant tout une question de choix/nous choisissons ce que nous gardons du passé.
À cette époque, quelque chose ne tournait pas rond dans la famille ; quelqu'un n'était pas heureux. Ma mère était en colère […] Cette affirmation/déclaration (de sa part) m'a fait un choc. C'était la première fois que j'entendais ma mère dire qu'elle aurait pu vouloir être autre chose que ce qu'elle était. Malgré mes trente-cinq ans, j'avais été…/Je devais avoir trente-cinq ans, mais j'étais quand même/interloquée et un peu vexée d'apprendre que le rôle que le destin lui avait réservé, celui d'être ma mère, ne la satisfaisait pas entièrement. Quand il s'agit de nos mères/dès qu'il s'agit de nos mères, pensai-je, (voilà que) nous redevenons tous des suceurs de pouce.

MATHÉMATIQUES

1. Petites questions sur les suites *

1. **Faux.** Une suite monotone **et bornée** est convergente.
2. **a)** Pour n pair $(-1)^n = +1$ et pour n impair $(-1)^n = -1$. La suite diverge.

   b) La suite $\frac{(-1)^n}{n}$ converge vers 0. En effet $\forall n \in \mathbb{N}^*$, $\left|\frac{(-1)^n}{n}\right| \leq \frac{1}{n}$ et on utilise le théorème d'encadrement.

3. (u_n) converge vers 1 car $u_n = \dfrac{\ln\left(1+\frac{1}{n}\right)}{\frac{1}{n}}$ et $\frac{1}{n} \to 0$.

(v_n) converge vers 1 car $v_n = \dfrac{e^{\frac{1}{n}}-1}{\frac{1}{n}}$ et $\frac{1}{n} \to 0$.

$w_n = e^{n\ln\left(1+\frac{1}{n}\right)} \xrightarrow[n\to+\infty]{} e$

4. $\forall n \in \mathbb{N}, \ln(u_{n+1}) - \ln(u_n) = 1 \Leftrightarrow \ln(u_{n+1}) = \ln e + \ln(u_n)$

$$\Leftrightarrow u_{n+1} = eu_n$$

La suite (u_n) est donc une suite géométrique de raison e et de premier terme $u_0 = e$.

Remarque : la suite $(\ln(u_n))$ est une suite arithmétique de raison 1 et de 1er terme $\ln(u_0) = 1$ (en fait $\forall nt \in \mathbb{N}^*, \ln(u_n) = n$).

5. Non, car chaque terme de la somme tend vers 0 mais le nombre de termes tend vers l'infini. Il y a donc une forme indéterminée !

L'encadrement : $\forall k \in [\![1,n]\!], \frac{1}{\sqrt{n^2+n}} \leq \frac{1}{\sqrt{n^2+k}} \leq \frac{1}{\sqrt{n^2+1}}$ permet d'écrire :

$$\sum_{k=1}^{n} \frac{1}{\sqrt{n^2+n}} \leq u_n \leq \sum_{k=1}^{n} \frac{1}{\sqrt{n^2+1}} \text{ c'est-à-dire } \frac{n}{\sqrt{n^2+n}} \leq u_n \leq \frac{n}{\sqrt{n^2+1}}$$

et par encadrement : $\lim\limits_{n\to+\infty} u_n = 1$.

2. Une suite cocktail *

1. $\forall n \in \mathbb{N}, v_{n+1} = \frac{n+1}{e} = \frac{n}{e} + \frac{1}{e} = v_n + \frac{1}{e}$. La suite (v_n) est une suite arithmétique de raison v_0=0 et de raison $\frac{1}{e}$.

2. $\forall n \in \mathbb{N}, \omega_{n+1} = e^{-(n+1)} = \frac{1}{e} \times e^{-n} = \frac{1}{e}\omega_n$. La suite (ω_n) est donc une suite géométrique de premier terme $\omega_0 = 1$ et de raison $\frac{1}{e}$.

3. D'après le cours : $S_1 = \frac{v_0 + v_n}{2}(n+1) = \frac{n(n+1)}{2e}$; $S_2 = \omega_0 \dfrac{1-\left(\frac{1}{e}\right)^{n+1}}{1-\frac{1}{e}} = \dfrac{e^{n+1}-1}{e^{n+1}-e^n}$

D'autre part : $S = \sum\limits_{k=0}^{n} u_k = \sum\limits_{k=0}^{n} v_k + \sum\limits_{k=0}^{n} \omega_k$

$$S = S_1 + S_2 = \frac{n(n+1)}{2e} + \frac{e^{n+1}-1}{e^{n+1}-e^n}$$

Or $\lim\limits_{n\to+\infty} \frac{n(n+1)}{2} = +\infty$ et $\lim\limits_{n\to+\infty} \frac{e^{n+1}-1}{e^{n+1}-e^n} = \frac{e}{e-1}$, donc : $\lim\limits_{n\to+\infty} S = +\infty$

3. Des populations en croissance exponentielle **

1. Chaque année, la population de la ville *A* diminue de 3 %, on a donc :

$$\forall n \in \mathbb{N}, a_{n+1} = a_n - \frac{3}{100}a_n = 0{,}97a_n .$$

La suite (a_n) est donc une suite géométrique de raison 0,97 et de premier terme $a_0 = 200\,000$.
De façon analogue, on trouve que la suite (b_n) est une suite géométrique de raison 1,05 et de premier terme $b_0 = 150\,000$.

2. D'après les résultats précédents nous pouvons écrire : $\forall n \in \mathbb{N}, a_n = (0{,}97)^n a_0$ et $b_n = (1{,}05)^n\, b_0$.

$b_n \geq a_n \Leftrightarrow (1{,}05)^n b_0 \geq (0{,}97)^n a_0$

$\Leftrightarrow \left(\frac{1{,}05}{0{,}97}\right)^n \geq \frac{4}{3}$

$\Leftrightarrow n[\ln(1{,}05) - \ln(0{,}97)] \leq \ln 4 - \ln 3$ car la fonction $\ln$ est une bijection croissante.

$\Leftrightarrow n \geq \frac{\ln 4 - \ln 3}{\ln(1{,}05) - \ln(0{,}97)}$ car $\ln(1{,}05) - \ln(0{,}97) > 0$

$\Leftrightarrow n \geq 3{,}6$ (avec une calculatrice).

C'est donc le 1er janvier 2013 que la population de *B* dépassera pour la 1re fois celle de *A*.

4. Une suite arithmétique-géométrique **

1. Pour $n = 0$ on a $u_0 = -1$

Si on suppose que pour un n fixé quelconque dans $\mathbb{N}$ $u_n = -1$ alors on a $u_{n+1} = 4u_n + 3 = -1$.

Donc $\forall n \in \mathbb{N}$, $u_n = -1$ et la suite (u_n) est constante.

2. a) $\forall n \in \mathbb{N}$, $u_n+1 - \alpha = 4u_n + 3 - \alpha$
$= 4(u_n - \alpha) + 3\alpha + 3$

c'est-à-dire $v_{n+1} = 4v_n + 3\alpha + 3$.

Cette suite est géométrique lorsque $\alpha = -1$, ainsi $\forall n \in \mathbb{N}$, $v_{n+1} = 4v_n$. Son premier terme est $v_0 = u_0 + 1$ et sa raison est 4.

b) $\forall n \in \mathbb{N}, v_n = 4^n(u_0 + 1)$ et $u_n = 1 + 4^n(u_0 + 1)$

c) $\forall n \in \mathbb{N}, \sum_{k=0}^{n} u_k = \sum_{k=0}^{n} (v_k - 1) = \sum_{k=0}^{n} v_k - (n+1)$

$= (u_0 + 1)\frac{1 - 4^{n+1}}{1 - 4} - (n+1)$

$= (u_0 + 1)\frac{4^{n+1} - 1}{3} - (n+1)$

5. Deux suites adjacentes **

1. Montrons d'abord par récurrence que (u_n) et (v_n) sont deux suites à termes strictement positifs :
s'il existe un entier naturel n tel que $u_n > 0$ et $v_n > 0$, alors $u_n + v_n > 0$ et $u_n v_n > 0$,

d'où : $u_{n+1} = \dfrac{2u_n v_n}{u_n + v_n} > 0$

et $v_{n+1} = \dfrac{u_n + v_n}{2} > 0$

et comme $u_0 > 0$ et $v_0 > 0$, on a : $\forall n \in \mathbb{N}, u_n > 0$ et $v_n > 0$.

• $\forall n \in \mathbb{N}, v_{n+1} - u_{n+1} = \dfrac{(u_n + v_n)^2 - 4u_n v_n}{2(u_n + v_n)} = \dfrac{(u_n - v_n)^2}{2(u_n + v_n)}$

d'où s'il existe un entier naturel n tel que $u_n < v_n$ alors $u_{n+1} < v_{n+1}$

et comme $u_0 < v_0$, on a démontré par récurrence : $\forall n \in \mathbb{N}, u_n < v_n$.

2. $0 < u_n < v_n \Rightarrow \dfrac{2u_n v_n}{u_n + v_n} > \dfrac{2u_n v_n}{2v_n}$

et puisque $v_n \neq 0, \dfrac{2u_n v_n}{u_n + v_n} > u_n$

c'est-à-dire : $\forall n \in \mathbb{N}, u_{n-1} > u_n$ et (u_n) est croissante.

• $\forall n \in \mathbb{N}, u_n < v_n \Rightarrow \dfrac{u_n + v_n}{2} < \dfrac{v_n + v_n}{2}$

c'est-à-dire : $\forall n \in \mathbb{N}, v_{n+1} < v_n$ et (v_n) est décroissante.

3. D'après la première question :

$\forall n \in \mathbb{N}, v_{n+1} - u_{n+1} = \dfrac{1}{2}\left(\dfrac{v_n - u_n}{u_n + v_n}\right)(v_n - u_n)$

et puisque u_n et v_n sont strictement positifs, on a $\dfrac{v_n - u_n}{v_n + u_n} < 1$

d'où : $\forall n \in \mathbb{N}, v_{n+1} - u_{n+1} = \dfrac{1}{2}(v_n - u_n)$.

4. Le résultat de la question précédente permet d'obtenir l'inégalité suivante à l'aide d'une récurrence immédiate :

$\forall n \in \mathbb{N}^*, v_n - u_n < \left(\dfrac{1}{2}\right)^n (v_0 - u_0)$

et comme $v_n - u_n > 0$, on peut écrire l'encadrement :

$\forall n \in \mathbb{N}^*, 0 < v_n - u_n < \dfrac{1}{2^n}(b - a)$

ce qui permet de conclure : $\lim\limits_{n \to +\infty} (v_n - u_n) = 0$

et puisque (u_n) est croissante et (v_n) décroissante, les deux suites (u_n) et (v_n) sont adjacentes ; elles sont donc convergentes et elles ont la même limite (soit ℓ cette limite).

D'après l'énoncé, on a : $\forall n \in \mathbb{N}, u_{n+1}v_{n+1} = u_n v_n$.

La suite $(u_n v_n)$ est donc constante et $\forall n \in \mathbb{N}, u_n v_n = ab$; d'où : $\ell^2 = ab$

et comme les suites sont positives, $\ell \geq 0$ et $\ell = \sqrt{ab}$.

6. Le théorème de la bijection **

1. f est une application continue, strictement croissante (comme somme de l'application identique sur $\mathbb{R}_+^*$ et du logarithme népérien, applications continues strictement croissantes de $\mathbb{R}_+^*$ sur $\mathbb{R}$),

d'image $\left]\lim_{0^+} f, \lim_{+\infty} f\right[=]-\infty, +\infty[$, c'est donc une bijection strictement croissante de $\mathbb{R}_+^*$ sur $\mathbb{R}$,

et sa réciproque g est une application continue strictement croissante sur $\mathbb{R}_+^*$.

2. $\forall\, n \in \mathbb{N}^* : x_n + \ln x_n = n \Leftrightarrow x_n = g(n)$.

On remarque que $f(1) = 1 + \ln(1) = 1$, et donc $x_1 = 1$.

Comme g est strictement croissante, la suite (x_n) est strictement croissante.

Comme g est continue, $\lim_{+\infty} g = +\infty$ et donc (x_n) est divergente, de limite $+\infty$.

3. $\forall\, n \in \mathbb{N}^*, f(n) - n = \ln n > 0$.

D'où $f(n) > n$, et $g\,[f(n)] > g(n)$ car g est croissante, c'est-à-dire : $\forall\, n \in \mathbb{N}^*, n > x_n$.

D'autre part :
$\forall\, n \in \mathbb{N}^*, n - \ln n < n \Rightarrow \ln(n - \ln n) \leq \ln n$
$\Rightarrow \mathrm{n} - \ln n + \ln(n - \ln n) \leq n$
$\Rightarrow f(n - \ln n) \leq n$
$\Rightarrow n - \ln n < x_n$

D'où : $\forall\, n \in \mathbb{N}^*, n - \ln n \leq x_n \leq n$ (1).

4. $\forall\, n \in \mathbb{N}^*$, posons $x_n = n(1 + a_n)$.

On a alors l'équivalence :

$$(1) \Leftrightarrow \mathrm{n} - \ln n \leq n(1 + a_n) \leq n$$
$$\Leftrightarrow -\frac{\ln n}{n} \leq a_n \leq 0,$$

et comme $\lim_{n \to +\infty} \frac{\ln n}{n}$, le théorème d'encadrement nous permet de dire que :

(a_n) converge vers 0.

$$\forall\, n \in \mathbb{N}^*, f(x_n) = n \Leftrightarrow n(1 + a_n) + \ln[n(1 + a_n)] = n$$
$$\Leftrightarrow na_n + \ln(1 + a_n) + \ln n = 0,$$

et comme $a_n \to 0$ lorsque $n \to +\infty$, on a :

$$\ln(1 + a_n) \to 0$$

et $$na_n + \ln n \underset{n \to +\infty}{\to} 0.$$

7. *La reproduction des abeilles ****

1. On complète le tableau :

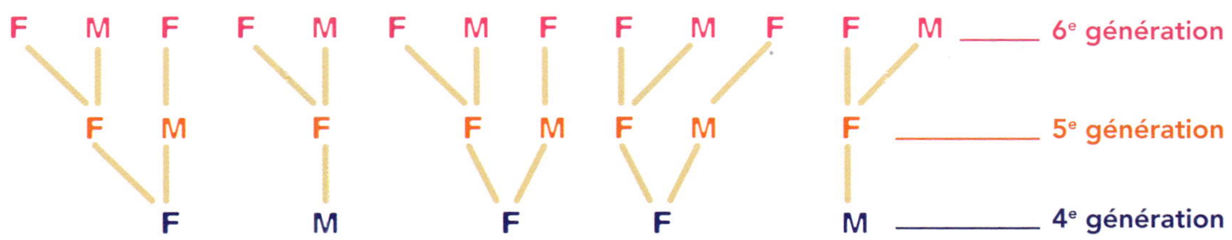

2. Chaque abeille a une mère, ainsi, le nombre de femelles d'une génération est égal au nombre d'aïeux de la génération précédente. Le nombre de mâles d'une génération est égal au nombre de femelles de la génération précédente qui lui-même est égal au nombre d'aïeux de la génération d'avant.

Le nombre de femelles de la génération $n+2$ est u_{n+1} et le nombre de mâles de cette génération est donc u_n, d'où $u_{n+2} = u_{n+1} + u_n$ pour tout entier naturel.

3. a) $x^2 - x - 1 = 0$

$\Delta = 5$ et l'équation a donc deux solutions : $\dfrac{1+\sqrt{5}}{2}$ et $\dfrac{1-\sqrt{5}}{2}$.

b) On vérifie que pour $n = 0$: $\dfrac{5+\sqrt{5}}{10} + \dfrac{5-\sqrt{5}}{10} = 1$ et $u_0 = 1$

et pour $n = 1$

$$\frac{5+\sqrt{5}}{10}\left(\frac{1+\sqrt{5}}{2}\right) + \frac{5-\sqrt{5}}{10}\left(\frac{1-\sqrt{5}}{2}\right) = \frac{\sqrt{5}}{20}\left[(1+\sqrt{5})^2 - (1-\sqrt{5})^2\right] = \frac{\sqrt{5}}{20} \times 4\sqrt{5} = 1 .$$

Supposons que la formule soit vraie pour n et $n+1$, on a :

$u_{n+2} = u_{n+1} + u_n$

$$u_{n+2} = \frac{5+\sqrt{5}}{10}\left(\frac{1+\sqrt{5}}{2}\right)^{n+1} + \frac{5-\sqrt{5}}{10}\left(\frac{1-\sqrt{5}}{2}\right)^{n+1} + \frac{5+\sqrt{5}}{10}\left(\frac{1+\sqrt{5}}{2}\right)^{n} + \frac{5-\sqrt{5}}{10}\left(\frac{1-\sqrt{5}}{2}\right)^{n}$$

D'après le 3.**a)** on a : $\left(\dfrac{1+\sqrt{5}}{2}\right)^{n+1} + \left(\dfrac{1+\sqrt{5}}{2}\right)^{n} = \left(\dfrac{1+\sqrt{5}}{2}\right)^{n}\left(\dfrac{1+\sqrt{5}}{2} + 1\right)$

$$= \left(\frac{1+\sqrt{5}}{2}\right)^{n}\left(\frac{1+\sqrt{5}}{2}\right)^{2} \text{ car } x^2 = x + 1.$$

Il en est de même pour l'autre racine de l'équation : $\dfrac{1-\sqrt{5}}{2}$ et finalement, on obtient :

$$u_{n+2} = \frac{5+\sqrt{5}}{10}\left(\frac{1+\sqrt{5}}{2}\right)^{n+2} + \frac{5-\sqrt{5}}{10}\left(\frac{1-\sqrt{5}}{2}\right)^{n+2}$$

et la propriété est donc vraie pour tout entier naturel n.

Remarque : on peut noter qu'ici nous avons fait une « récurrence double ».

8. Les coefficients du trinôme *

P est défini par : $\forall x \in \mathbb{R}, P(x) = ax^2 + bx + c$ où $(a, b, c) \in \mathbb{R}^3$.

Alors $\forall (a, b, c) \in \mathbb{R}^3$:

$$\begin{cases} P(0) = 0 \Leftrightarrow c = 0 \\ P(1) = 0 \Leftrightarrow a + b + c = 0 \\ P'(1) = -1 \Leftrightarrow 2a + b = -1 \end{cases}$$

$$\Leftrightarrow \begin{cases} c = 0 \\ a + b + c = 0 \\ 2a + b = -1 \end{cases}$$

$$\Leftrightarrow \begin{cases} a + b = 0 \\ 2a + b = 0 \\ c = 0 \end{cases}$$

$$\Leftrightarrow \begin{cases} a + b = 0 \\ -b = -1 \\ c = 0 \end{cases} \qquad L_2 \leftarrow L_2 - 2L_1$$

$$\Leftrightarrow \begin{cases} a = -1 \\ b = 1 \\ c = 0 \end{cases}$$

D'où, l'unique solution : $\forall x \in \mathbb{R}, P(x) = -x^2 + x$.

9. Une fonction rationnelle **

1. $\mathcal{D}(f) =]1, +\infty[$

De plus $\forall x \in]1, +\infty[$

$$ax + b + \frac{c}{x-1} = \frac{ax^2 + (b-a)x + c - b}{x-1}$$

Donc :

$$\forall x \in]1, +\infty[, ax + b + \frac{c}{x-1} = \frac{x^2 - 7x + 10}{x-1}$$

$$\begin{cases} a = 1 \\ -a + b = -7 \\ -b + c = 10 \end{cases}$$

$$\Leftrightarrow \begin{cases} a = 1 \\ b = -6 \\ c = 4 \end{cases} \qquad \text{par substitutions}$$

Soit : $\forall x \in]1, +\infty[, f(x) = x - 6 + \frac{4}{x-1}$

2. En tant que fonction rationnelle, f est continue.

$\lim_{1^+} f = +\infty$, la droite d'équation $x = 1$ est donc asymptote à la courbe représentative de f, $\mathscr{C}$.

$\lim_{x \to +\infty} \frac{4}{x-1} = 0$, la droite d'équation $y = x - 6$ est donc asymptote à $\mathscr{C}$.

De plus, $\forall x \in]1, +\infty[, \frac{4}{x-1} > 0$

Sur $]1, +\infty[$, $\mathscr{C}$ est au-dessus de cette asymptote.

En tant que fonction rationnelle, f est dérivable et :

$$\forall x \in]1, +\infty[, f'(x) = 1 - \frac{4}{(x-1)^2}$$

$$= \frac{(x-1)^2 - 4}{(x-1)^2}$$

$$= \frac{(x-3)(x+1)}{(x-1)^2}$$

Tableau de variation :

x	1		3		$+\infty$
$f'(x)$	‖	$-$	0	$+$	
$f(x)$	‖ $+\infty$	↘	-1	↗	$+\infty$

3. Équation de la tangente au point d'abscisse 2 : f étant dérivable en ce point, cette équation est :

$$y - f(2) = f'(2)(x-2)$$
$$\Leftrightarrow y - 0 = -3(x-2)$$
$$\Leftrightarrow y = -3x + 6$$

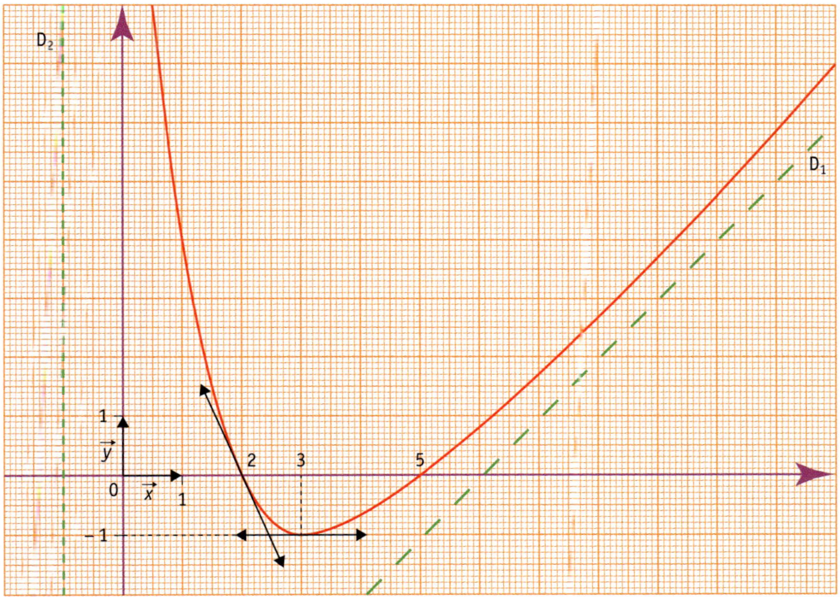

4. a) f étant continue sur $[2, 5]$ et intégrable sur $[2, \alpha]$ (où $\alpha \in [2, 5]$)

et donc $\mathscr{A}(\alpha) = \int_2^\alpha [f(x) - (x-6)]dx$

$$= \int_2^\alpha \left(x - 6 + \frac{4}{x-1} - x + 6\right) dx$$

$$= [4\ln(x-1)]_2^\alpha$$

$$= 4\ln(\alpha - 1)$$

b) $\forall \alpha \in [2, 5]$:

$\mathscr{A}(\alpha) = 4 \Leftrightarrow \ln(\alpha - 1) = 1$

$\Leftrightarrow \alpha - 1 = e$

$\Leftrightarrow \alpha = e + 1$ car $e + 1 \in]3,7, 3,8[\subset [2, 5]$

10. QCM *

Réponse B

En effet, la dérivée première est donc strictement croissante sur I, ce qui se traduit géométriquement par la croissance des pentes des tangentes à la courbe représentative de *f*. Cette croissance des pentes produit la convexité de la partie du plan située au-dessus de la courbe.

On dit alors que la courbe est convexe, et que la fonction elle-même est convexe sur I.

Les pentes des tangentes augmentent

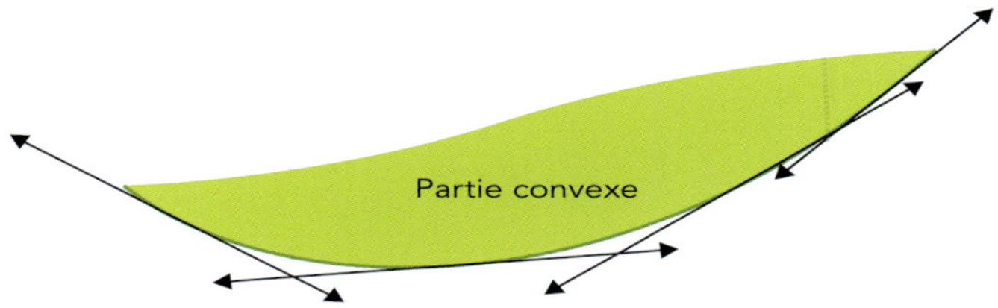

Lorsque : $\forall x \in I, f''(x) < 0$, on dit que *f* (ou sa courbe représentative) est concave sur I.

11. Calculs élémentaires d'intégrales *

1. $\displaystyle\int_0^1 \frac{3x+3}{x^2+2x+5}dx = \left[\frac{3}{2}\ln|x^2+2x+5|\right]_0^1 = \frac{3}{2}[\ln 8 - \ln 5] = \frac{3}{2}\ln\frac{8}{5}$

2. $\displaystyle\int_0^1 \frac{t+1}{(t^2+2t+2)^2}dt = \left[-\frac{1}{2(t^2+2t+2)}\right]_0^1 = \left(-\frac{1}{10}\right) - \left(-\frac{1}{4}\right) = \frac{3}{20}$

3. $\displaystyle\int_0^1 \underbrace{xe^{x^2}}_{\frac{1}{2}u'e^u} dx = \frac{1}{2}\left[e^{x^2}\right] = \frac{1}{2}(e-1)$

4. $\displaystyle\int_1^e \frac{dx}{x\ln x} = \int_1^e \underbrace{\frac{1}{x}\times\frac{1}{\ln x}dx}_{\frac{u'}{u}}\, dx = [\ln|\ln x|]_e^{e^2} = \ln 2$

12. Vrai ou faux sur l'intégration *

1. Vrai.

2. Vrai. $f'(x) = \dfrac{1}{(x+1)^2} = g'(x), \forall x \in [0, +\infty[$.

3. Faux, par exemple si *f* impaire $\displaystyle\int_{-a}^{a} f(x)dx = 0$.

4. Vrai. $\displaystyle\int_0^x 2dt = [2t]_0^x = 2x$.

5. Faux. $\displaystyle\int_0^1 3x^2dx = [x^3]_0^1 = 1$.

6. Vrai. La valeur moyenne est $\displaystyle\frac{1}{4-2}\int_2^4 \frac{1}{x}dx = \frac{1}{2}[\ln(x)]_2^4 = \ln\sqrt{2}$.

7. Faux. On a $F'(x) = f(x)$.

13. Singulier calcul d'intégrales *

1. $f(x)+g(x)=\dfrac{e^{2x}+2e^x+2e^x+1}{e^x+1}$

$=\dfrac{e^{2x}+2e^x+1}{e^x+1}+\dfrac{2e^x}{e^x+1}$

$=\dfrac{(e^x+1)^2}{e^x+1}+\dfrac{2e^x}{e^x+1}$

$=e^x+1+\dfrac{2e^x}{e^x+1}$

2. $\mathrm{I}+\mathrm{J}=\int_0^{\ln 3} f(x)dx+\int_0^{\ln 3} g(x)dx$

$=\int_0^{\ln 3}[f(x)+g(x)]\,dx$ d'après la linéarité de l'intégrale.

$=\int_0^{\ln 3}\left[e^x+1+\dfrac{2e^x}{e^x+1}\right]dx=[e^x+x+2\ln|e^x+1|]_0^{\ln 3}=2+\ln 3+2\ln 2$

$\mathrm{I}-\mathrm{J}=\int_0^{\ln 3}\dfrac{e^{2x}+2e^x-2e^x-1}{e^x+1}dx$

$=\int_0^{\ln 3}\dfrac{e^{2x}-1}{e^x+1}dx$

$=\int_0^{\ln 3}\dfrac{(e^x+1)(e^x-1)}{e^x+1}dx=\int_0^{\ln 3}(e^x-1)\,dx=[e^x-x]=2-\ln 3$

$\begin{cases}\mathrm{I}+\mathrm{J}=2+\ln 3+2\ln 2\\ \mathrm{I}-\mathrm{J}=2-\ln 3\end{cases}$

d'où $\mathrm{I}=2+\ln 2$ et $\mathrm{J}=\ln 3+\ln 2$

14. Inégalités de la moyenne **

1. f est définie lorsque $x^2-2x+3>0$ or $\Delta=1-12=-11<0$ et le polynôme x^2-2x+3 est du signe de « a » pour tout $x\in\mathbb{R}$ c'est-à-dire $x^2-x+3>0$ sur $\mathbb{R}$.

2. $f'(x)=3\times\dfrac{2x-2}{x^2-2x+3}$

$f'(x)\geq 0$ sur $[1,+\infty[$
$f'(x)\leq 0$ sur $]-\infty,1]$

3.

x	0		1		3
f'		–	0	+	
f	$3\ln 3$	↘	$3\ln 2$	↗	$3\ln 6$

4. Sur $[0,3]$ $3\ln 2\leq f(x)\leq 3\ln 6$
La fonction f est continue sur $[0,3]$, donc d'après les inégalités de la moyenne on a :

$9\ln 2\leq\int_0^3 f(x)dx\leq 9\ln 6$.

15. Une suite d'intégrales et les gendarmes **

1. $I_1 = \int_0^1 \frac{x}{1+x^2}dx = \frac{1}{2}\int_0^1 \frac{2x}{1+x^2}dx$

$I_1 = \frac{1}{2}[\ln|1+x^2|]_0^1 = \frac{1}{2}\ln 2 = \ln\sqrt{2}$

2. On a $1 + x^2 \geq 1$ donc $\frac{1}{1+x^2} \leq 1$

or $x^n \geq 0$ d'où $0 \leq \frac{x^n}{1+x^2} \leq x^n (1)$

Les fonctions $x \mapsto \frac{x^n}{1+x^2}$ et $x \mapsto x^n$ sont continues sur $[0, 1]$, donc on déduit de (1) que :

$$0 \leq \int_0^1 \frac{x^n}{1+x^2}dx \leq \int_0^1 x^n\, dx$$

$$0 \leq I_n \leq \left[\frac{x^{n+1}}{n+1}\right]_0^1$$

$$0 \leq I_n \leq \frac{1}{n+1}$$

3. $\lim\limits_{n\to+\infty} \frac{1}{n+1} = 0$ donc par encadrement $\lim\limits_{n\to+\infty} I_n = 0$ et la suite (I_n) $n > 1$ converge vers 0.

16. Logarithme et inverse **

1. La fonction $x \mapsto \frac{1}{x}$ est décroissante sur $]0, +\infty[$ donc $n \leq t \leq n+1$ implique $\frac{1}{n+1} \leq \frac{1}{t} \leq \frac{1}{n}$.

La fonction $t \mapsto \frac{1}{t}$ fonction est continue sur $[n, n+1]$, donc d'après les inégalités de la moyenne :

$$(n+1-n)\frac{1}{n+1} \leq \int_n^{n+1}\frac{dt}{t} \leq (n+1-n)\frac{1}{n}$$

$$\frac{1}{n+1} \leq \int_n^{n+1}\frac{dt}{t} \leq \frac{1}{n}$$

2. On a $\int_n^{n+1}\frac{dt}{t} = [\ln|t|]_n^{n+1} = \ln(n+1) - \ln n$, donc $\frac{1}{n+1} \leq \ln(n+1) - \ln n \leq \frac{1}{n}(1)$

en écrivant l'inégalité (1) pour n variant de 1 à $(n-1)$

$$\frac{1}{2} \leq \ln 2 - \ln 1 \leq 1$$

$$\frac{1}{3} \leq \ln 3 - \ln 2 \leq \frac{1}{2}$$

$$\frac{1}{n} \leq \ln n - \ln(n-1) \leq \frac{1}{n-1}$$

en sommant, on obtient à gauche $\frac{1}{2} + \frac{1}{3} + \cdots + \frac{1}{n} \leq \ln n$ soit $1 + \ln n \geq 1 + \frac{1}{2} + \cdots + \frac{1}{n}$

et à droite $\ln n \leq 1 + \frac{1}{2} + \cdots + \frac{1}{n-1} < 1 + \frac{1}{2} + \cdots + \frac{1}{n-1} + \frac{1}{n}$.

3. On a $u_n < \ln n$ or $\lim\limits_{n\to+\infty} \ln n = +\infty$ donc la suite (de n) diverge vers $+\infty$.

17. Drapeaux *

1. Vrai ▸ 3 couleurs possibles dans la 5e case et, pour chacune d'elles, 3 couleurs possibles dans la 6e case.

2. Faux ▸ 2 couleurs possibles dans les cases 2 et 4, et 3 couleurs possibles dans la 6e. $2 \times 2 \times 3 = 12$

3. Vrai ▸ 3 couleurs possibles dans chacune des 3 cases vides.

4. Faux ▸ Avec uniquement deux couleurs on peut faire 2 drapeaux différents et il y a $\binom{4}{2}$ façons de choisir 2 couleurs dans les 4.
Le résultat est donc $2\times\binom{4}{2} = 12$.

5. Vrai ▸ Il y a 4 façons de remplir la 1re case et pour chacune des cases suivantes il n'y en a que 3.

18. Pleuvra-t-il ? *

Réponse **a)**, soit $\frac{1}{3}\times\left(1-\frac{25}{100}\right)=\frac{1}{4}$

19. N'oubliez pas le code **

1. a) 10 possibilités pour chaque chiffre donc 10^4 codes possibles.

b) 10 possibilités pour le 1er chiffre, 9 pour le second, 8 pour le 3e et 7 pour le 4e.
Résultat : $10 \times 9 \times 8 \times 7 = 5\,040$.

2. a) $\frac{4!}{2!} = 12$ codes différents, $4!$ pour la permutation des 4 chiffres $1, 9, 9, 5$ divisé par $2!$

puisqu'il y a 2 chiffres identiques.

b) Les temps d'attente constituent une suite géométrique de premier terme 2 et de raison 2. La somme des n premiers termes de cette suite est donc :

$$S_n = 2\times\frac{1-2^n}{1-2} = 2(2^n - 1)$$

On cherche le plus grand entier n tel que $S_n \leq 1\,440$.
Pour $n = 9$, $S_n = 1\,022$.
Pour $n = 10$, $S_n = 2\,046$.
En 24 heures, le propriétaire peut donc introduire au maximum 9 codes.

20. Une chance au tirage **

Soit $i \in \{1,2,3\}$ et B_i (respectivement J_i, respectivement R_i) l'événement : le i[e] prélèvement donne une boule bleue resp. jaune, resp. rouge :

$$P(B_1 \cap J_2 \cap R_3) = P(B_1 \cap J_2)P_{B_1\cap J_2}(R_3)$$

$$= \underbrace{P(B_1)}_{\frac{1}{5}}\ \underbrace{P_{B_1}(J_2)}_{\frac{1}{4}}\ \underbrace{P_{B_1\cap J_2}(R_3)}_{\frac{1}{3}}$$

$$= \frac{1}{60}$$

Remarque : la formule obtenue : $P(B_1 \cap J_2 \cap R_3) = P(B_1).P_{B1}(J_2).P_{B1\cap J2}(R_3)$

est appelée « formule des probabilités composées ».

Retrouvez nos ouvrages

Commandez-les sur le site
librairie.studyrama.com

Studyrama Editions

Composition : **Stéphane McDonald**
Édition : **Deborah Lopez**
Imprimé en France en mars 2022
par Imprimerie de Champagne - 52200 Langres
ISBN : 978-2-7495-5207-1